CB136461

O LIVRO DOS SUICIDAS

Leonardo Garet

O LIVRO DOS SUICIDAS
Contos

LetraSelvagem

Copyright ©Leonardo Garet, 2019

Grafia atualizada segundo o Acordo Ortográfico da Língua Portuguesa de 1990, que entrou em vigor no Brasil em 2009.

Titulo original: El libro de los suicidas
Diagramação: Cesar Neves Filho
Capa: James Cabral Valdana, sobre gravura de Valdir Rocha (Álbum "Sós", Patemporâneo, SP, 2010)
Preparação de originais e revisão: N. Sena

Tradução: Erorci Santana
Prólogo: Jorge Albistur (Uruguai)

O logotipo LetraSelvagem *foi idealizado a partir de cerâmica Aruak, padrões utilizados nas bordas dos vasos, compilados por Koch-Grunberg em 1910.*

Coleção Gente Pobre – Vol. 15
Organizador: Nicodemos Sena

Dados Internacionais de Catalogação na Publicação (CIP)
(Letr*aSe*lvagem, Taubaté, SP, Brasil)

G2291 Garet, Leonardo, 1949 -
O livro dos suicidas/ Leonardo Garet;
tradução de Erorci Santana. — Taubaté, SP: Letr*aSe*lvagem, 2019.
144 p. – (Gente Pobre; v. 15)

ISBN 978-85-61123-27-7
Tradução de: *El libro de los suicidas*
1. Literatura latina - Contos. I. Santana, Erorci, 1960-.
II. Título. III Série. CDD - 870

Bibliotecária responsável:
Adriana Maria Evaristo Martinez de Oliveira (CRB 8/4322)

Direitos desta edição reservados à Associação Cultural Letra*Se*lvagem:
Rua Cônego Almeida, 113 -Centro - Taubaté-SP/Brasil - CEP 12.080-260.
Telefones: (55) (12) 3426-3773 / (12) 992033836.
letraselvagem@uol.com.br
www.letraselvagem.com.br
www.livrariaselvagem.com.br

SUMÁRIO

Prólogo

ESCUTAR O INDIZÍVEL

Por Jorge Albistur[1]

A leitura destes contos bem pode trazer à memória certos apontamentos de Nietzsche, formulados na esteira do que se costuma chamar "a história dos historiadores". Ela é a "*surda constância*" do que retorna, uma opacidade tenaz de instintos previsíveis. Nietzsche pensava que a história verdadeira é, justamente, o distinto, o único e, ademais, algo que ocorre sem providência e, sobretudo, sem causa final. A história é o sucesso que interrompe algo e instala outra coisa, não a continuidade. E, contudo, essa emergência — *Enstehung* é a palavra alemã — resulta de uma origem distante e "obriga a acreditar no trabalho obscuro de um destino que buscaria se manifestar desde o primeiro momento". A história é genealogia. Estes conceitos foram analisados por Michel Foucault no primeiro capítulo de *Microfísica do poder*, publicação hoje mais acessível para qualquer leitor que a obra mesma de Nietzsche.

O livro dos suicidas indaga na emergência de acontecimentos culminantes na história da criatura humana. Os relatos soem construir-se em função destes momentos já demasiado maduros, grávidos de significação. Põem-se em marcha em direção a essas plenitudes, a partir de preparações que escondem ou calam a surpresa, ainda que a contenham quase por inteiro. *A vida detrás da vidraça* é, nesta perspectiva, um conto chave: o narrador vive na expectativa da morte dos outros; vale di-

[1] Escritor e docente uruguaio, considerado um dos melhores críticos literários em seu país; autor, entre outros, de *Grandes novelas del siglo XX* (Ed. de la Banda Oriental, 2014).

zer, da emergência do absolutamente novo. Mas a revelação só há de acorrer na própria morte, esse almanaque que deixa todo um tempo para trás: "Não se pensava então na morte; alterava-se de outra forma a ordem e a monotonia dos dias. Esperavam-se as festas, e não os velórios". A morte é a grande emergência, mas "a monotonia dos dias" — essa réplica da história dos historiadores — está cheia de mortes invisíveis e partos dolorosos.

Desde logo, um narrador que rastreia essas revoluções silenciosas é, antes de mais nada, alguém que conta insinuando sempre uma reflexão. Ela raramente se expressa textualmente nos contos de Garet, mas sua arte surge da tensão entre contar a história ou contemplá-la como se ela estivesse já contada e fosse necessário desentranhar seu sentido. Estes contos desenvolvem-se em uma segunda dimensão, por detrás ou por cima da que é bem visível. O autor escreve sempre assomado a esse segundo cenário, a essa franja oculta ao leitor distraído, e com frequência não consegue espiar, na ponta dos pés, o território reservado e alheio, de sorte que se instala resolutamente nele.

Essa operação não é coisa menor, pois os personagens são, com frequência, seres alterados por obscuras obsessões, que agonizam em desejos mórbidos. Vale a pena copiar uma frase do conto *Cidade entre cinco*, porque poderia referir-se também ao conjunto, como síntese de conteúdos e confissões: "Este invento de destruição, que deve ser único no catálogo das aberrações humanas, merece um historiador que conte de dentro, mas olhando de fora."

A dupla vertente tem o condão de submergir Garet em um mundo de inusitada espessura, no que tange às complexidades psicológicas. Faria falta um novo Bruno Bettelheim, o sutil e audaz psicanalista dos contos de fadas, para ler *Crianças de milho*, essa perturbadora alegoria de expectativas e frustrações em ordem de paternidade e maternidade. Algo que gira em torno desse eixo está entre os motivos centrais do livro: a infertilidade, a sombria aventura de filhos desconhecidos, arrebatados ao nascer, os filhos abortados, os filhos concebidos como escudos contra a morte. Há outros livros também em *O livro dos suicidas:* livros todos esboçados, suscetíveis de maior desenvolvimento, e até de converter-se em coleções independentes. Um deles é a reconstrução imaginária de píncaros da arte literária, a recriação de distantes textos feiticeiros: literatura da literatura. Assim, *No meio do caminho* tem a ver com *A divina comédia* de Dante, como *Cotovia* refere-se ao mais famoso poema de Bernart de Ventadorn, e *Lancelot* revive uma história da corte de Artur. Estes três relatos bem poderiam formar parte de um primeiro movimento, um primeiro conjunto dentro do outro, mais vasto, do livro todo. *Lancelot* aparece separado, contudo, da possível unidade que o autor talvez preferiu dissimular, melhor que sublinhar, na organização do volume. Outro subconjunto é o bestiário peculiar que compõe os contos *Ratos*, *Víboras*, *Doze cavalos*, *Bem-te-vis*, *Morcegos*, aos quais caberia agregar os sórdidos cães que arrastam fraldas sujas — como perversa advertência — ante uma mãe frustrada.

Dir-se-ia que o realismo seco pouco favorece esse mundo narrativo, ou não interessa a Garet. A realidade aparece mais aludida, convocada como referente e corroboração do que levita no fantástico. Assim, um trovador medieval evoca o músico uruguaio Darnauchans, como a fantasmagórica história de uma cidade deserta soa como eco do ocorrido depois de construída Salto Grande, a represa que deixou sob as águas muitos campos e até algum povoado. O cenário espectral, talvez de modo mais genérico, dá forma a pesadelos desses tempos convulsionados pela questão ecológica e horror apocalíptico. A cidade de Salto, com seus velhos casarões aristocráticos, que escondem, por vezes, segredos infames e a Pedra Alta — sereia para suicidas — está viva também em muitos relatos.

Incursões no indizível recorda, certamente, Thomas Merton, pois assim se chama um de seus melhores livros. O título poderia ser tomado também como divisa de todo este volume; Garet propõe-se a dizer o indizível. Só poderá acompanhá-lo, por consequência, quem seja capaz de ler o ilegível, de explorar o que não está nas palavras, o que subjaz aos silêncios. Esses silêncios já não são somente Garet. Ou, melhor dito: os silêncios de Garet estendem uma ponte em direção ao silêncio íntimo de cada um de seus leitores para — todos juntos —, em mágica convocação, escutar o indizível.

O LIVRO DOS SUICIDAS

NO MEIO DO CAMINHO

Chega um tempo em que os sonhos ocupam uma posição central da vida. E reivindicam seu lugar. O homem começou a sentir que seu corpo estava pequeno para conter aquilo que havia amealhado, peça por peça, e que sempre o esperava, íntegro, tal como o deixava na última vez. Destarte, talvez seu sonho fosse capaz de sustentar-se por si mesmo.

Nesse dia, antes de afastar o lençol, sentiu que teria êxito se estendesse a mão para tocar esse mundo construído noite após noite. As muralhas, os círculos de pedra, a nada mais que um toque de seu desejo, estavam tão completos que parecia que, com um pequeno esforço, lograria tirá-los de sua cabeça e depositá-los em um campo perto de Florença. A realidade, ao contrário, era de uma essência completamente diferente, cheia de encruzilhadas imprevisíveis, de formas sem sentido, de epicuristas que corrompiam o poder.

Permaneceu deitado, com os olhos fixos nas manchas que a umidade formava no teto. Passou a mão sobre a cabeça do cachorro, que devia estar — como estava — em sua posição habitual, ao lado da cama. A casa permanecia detida nos tons de cinza estendidos entre as cadeiras, os quadros, os retratos, as toalhas de mesa, as roupas sobre o baú e os pedestais dos bustos de mármore. O contato com o corpo de seu cão transmitiu-lhe uma vibração que parecia de outros anos, de quando vivia na casa distante que, apesar de tudo, seguia sendo sua. Olhou ao seu redor e decidiu que os janelões permanecessem fechados até bem tarde, para encontrar esse sabor que tinha seu desterro solitário.

Enredou-se com a lembrança da tenda onde um manuscrito árabe lhe havia revelado imagens coloridas de uma cratera que podia ser as entranhas de um vulcão, com figuras humanas nas mais variadas posições. Essa tenda levantava-se em meio às noites, protegendo-o de sua insônia. Ele não se havia desinteressado daquela estampa, mas desaprovava seu caráter — imagem de uma alma herege —, onde não se assinalavam relações entre as posturas e a identidade das pessoas. Ao contrário, as pinturas de Nossa Senhora, com luzes detrás de uma montanha, ou as de um grupo de anjos ao redor de um centro de luz, tinham essa imprescindível harmonia de significados que estava ausente na representação muçulmana.

A partir da descoberta de que somente quando se traçam os eixos adequadamente as composições parecem apropriadas, foi ganhando um mundo imaginário de formas que se ajustavam inteiramente a seus pensamentos. O vulcão solitário aparecia em seus sonhos, mas, pouco a pouco, foi povoando-se com figuras mais claras, que pareciam pertencer a um quadro.

Correu os dedos pelo dorso do cachorro, sentindo seus ossos. O animal ficou, como sempre, quieto, esperando os sinais de atividade do amo para dar o dia por iniciado.

Eram, sem dúvida, muito mais os amigos e os conhecidos distantes ou desaparecidos os que estavam atrás da alta porta silenciosa que hoje não queria abrir. Tampouco o homem sentia qualquer necessidade de levantar-se; demasiado fortes e coesas eram as forças que o imobilizavam. *Estou entre três mundos: este sonho do vulcão apagado, a correspondência com amigos, que me permite contribuir com as obrigações do partido e as sombras luminosas que se organizam ao redor de Beatriz.*

Pelas manhãs, costumava ler em voz alta os textos que havia escrito na noite anterior, apreciando, além do sentido, o ritmo e a musicalidade, submetendo-os a uma luta tão ou mais árdua que a que empreendia cada dia com enriquecidos argumentos para não perder a atualidade política. Mas, fazia um tempo, pensava que não se sentia inteiramente representado pelos sonetos, baladas e sextinas; não desfrutava de seus motivos, invariavelmente genéricos e pouco ambiciosos. E por isso, quando se deitava, vencido pelo cansaço, ganhava espaço o vulcão, com seus mortos incrustados nas paredes.

Meu Deus Todo Poderoso! — escutou sua própria voz o homem no quarto — *hás de querer que estas imagens tenham corpo no ar, e por isso as permite tão fortes que quase não me deixam retornar à poesia. Tu indicaste meu destino de poeta e talvez traí o sagrado exercício dedicado a celebrar amores carnais. Deveria ir por esse teu mundo, sem honras, sem o respeito dos cidadãos, sem dinheiros, sem o amor tranquilo de minha mulher e de meus filhos, acompanhado somente por este animal, que está tão velho que não saberia buscar outro amo. Se é tua vontade, por aí andaremos, Senhor.*

O homem levantou-se, como se chamado pelos papéis sobre a mesa, aqueles que resistiam em ser concluídos. *Não posso abandonar a poesia, assim como não posso abandonar a vida. Meu confessor sabe que se tenho suportado a perda de Beatriz é porque sinto que ela se manifesta torrencialmente como música e palavras entre meus papéis. Beatriz, Gemma e as crianças estão distantes. Mas é o passado, o mesmo que a distância, o que se introduz neste ambiente como uma nuvem.*

A cabeça caía-lhe sobre o peito, enquanto se extinguia a luz da vela. Retornou penosamente à cama. O cachorro, agora embaixo da mesa, olhava para ele. Quando o homem se deitava, antes do sono, iluminavam-se as imagens do mundo, que parecia apagado lá fora, mas que, dentro, estava resplandecente, com figuras reconhecíveis e ordenadas de acordo com um equilíbrio crescente, quase inefável, como o ritmo de um verso. Figuras de seres que estavam mortos, mas que, como devia ser, conservavam exatas as essências do corpo. Devagar e ilusoriamente, como um desconhecido que passeia em qualquer parte da praça e da rua com seu cesto de estatuetas ou sedas, e oferece-as, interceptando o passo para que as comprem, assim se lhe apresentava o mundo de figuras na pedra. E isto lhe deixava cada vez mais tenso e com uma inquietação que chegou a comparar com a do homem que sente que está morrendo e deve concluir uma missão absolutamente indelegável. As figuras sempre aguardavam na última posição em que as havia deixado. Curioso era que em nenhum caso havia podido incluir-se como uma delas. Tomou consciência disso no mesmo momento em que percebeu que aparecia em todos os quadros, mas fora da moldura.

— *Deus!, se me distraio do sonho, o sonho desaparece. Mas a quem ele serve, assim como está? Mais importaria à cidade que pudesse voltar a ela e às convenções do partido, que assumisse embaixadas entre o pontífice e os rebeldes, e mais também à literatura toscana, que seguisse com meus cantos de doce estilo.*

O cachorro grunhiu estranhamente e sentiu-se obrigado a dizer-lhe umas palavras que, uma vez iniciadas, resultou difícil concluí-las. É que o companheiro inseparável dava sinais de aguardar o último suspiro debaixo de sua cama: agitavam-no convulsões que o piso de madeira ampliava.

O homem pensou que as figuras situadas sob o vulcão deviam ter movimento mesmo depois de mortas, para que sofressem ou gozassem o que mereciam nesse segundo mundo. Percebeu a respiração trabalhosa do cão, que se estremecia em uma luta que sua idade fazia presumir sem esperanças, mas na qual punha todas as suas poucas forças. Baixou a mão e deixou-se lamber extensamente. Fazia vários dias que o cachorro não comia. O homem pensou melancolicamente que, dentro de pouco tempo, teria que enterrar o único ser vivo que compartilhava sua casa. E que seria uma tumba neutra, sem luta de demônios, todavia necessária para que não se exibisse a tristeza de sua morte. Voltou à composição de homens, agora já não imóveis, mas girando a cabeça, quando detectavam os passos de um contemplador que os visitava. Reconheceu como insubstituível a figura desse visitante e sentiu algo assim como uma charrete sem cavalo, à qual removem a pedra adiante e precipita-se em uma ribanceira interminável.

Passava do meio-dia quando o homem conseguiu desembaraçar-se de um peso, como de livros e papéis em branco que, das paredes da Basílica, lhe caíam em cima. Deu-se conta que naquele sonho que havia criado, a princípio somente com silhuetas e sombras indistintas, no qual era difícil localizar um conhecido, começaram a aparecer homens que eram de outros tempos, mas que vinham com seu nome ligado à sua aparência. Olhou embaixo da cama e percebeu que havia terminado a agonia do cachorro. Devia enterrá-lo no fundo do quintal, como única forma de protegê-lo dos rapineiros.

O trabalho com uma pá — que não estava seguro de que fosse adequada — revelou-se mais difícil do que o imaginado. Sem dúvida, não sabia manejá-la e, ademais, necessitava que o buraco fosse suficientemente grande para cumprir seu objetivo. Por um momento fugaz, o buraco lembrou o vulcão, e cada pazada de terra pareceu-lhe que trazia, grudada aos torrões, as figuras que sua imaginação compunha. Nunca se haviam corporificado como agora nas posições reveladoras de sua história. Quando deu por terminado o buraco, depositou suavemente o corpo do cachorro, já endurecido como uma tábua. Pensou que seria uma heresia dizer algumas palavras. Não as disse, e os olhos se encheram de lágrimas.

Enquanto voltava à sua escrivaninha, teve a sensação de que carregava seu corpo sobre os ombros. Percebeu que lhe animava a decisão irrevogável de abandonar os poemas breves que estava escrevendo. Recolheu os papéis com poemas, pôs uns sobre os outros e, assim como as cartas já respondidas, guardou-os no baú. Seu rosto havia ficado tenso, como se se preparasse para um ataque. Dispôs sobre a mesa somente um grande maço de papéis em branco que, dia a dia, reservava sem saber a causa. A poesia, que tanta honra lhe tinha dado, vinha daquelas emoções que cultivava com a prazerosa aceitação de seus amigos, porque algo similar, mais rico ou mais pobre, havia vivido cada um deles. O caso que enfrentava agora era diferente. Com a pena quieta, apoiada quase até quebrar-se, sentiu que lhe esperava um esforço desconhecido tanto para ele como para os amigos. O sonho, aquele que havia gostado de arrancar da cabeça com as duas mãos, e levá-lo para fora de Florença para que fosse modelo e os cidadãos pudessem recorrer a ele com proveito, maior que o jubileu santo de Bonifácio, queria ganhar vida própria, filtrando-se por um lugar que até aquele momento não havia ocorrido: a tinta de sua pena. Pensou várias vezes que, se bem correspondia à poesia uma missão como a das Cruzadas, era interminável a galeria de livros que assinalavam quão longe estava a sabedoria como a que seria necessária para o tema que se apresentava como uma enorme e silenciosa garganta de fera, que se vai abrindo mais a cada passo. Uma obra como uma escultura talhada com pontos suspensivos e que existia por sua pura tensão, como a de uma fera pronta para o salto; uma obra com as palavras no idioma que utilizava no cenário onde a força era mais necessária, na política; uma obra que despertava em sua memória cada canto de Florença. Até os escritores antigos, que venerava em sua língua original, entrariam naquela construção de luzes e sombras, falando em toscano. Ele havia sentido o prazer do sonhador que não tem nenhuma pressa para exibir suas imagens à luz do dia. Agora, ao contrário, estremecia-lhe um ritmo, algo que só lhe ocorria quando estava nas primeiras imagens de um poema. E experimentou uma imensa solidão nos braços, nas pernas e no ventre. A única coisa que existia no mundo era aquela pena. As casas, as ruas, os rostos, tomavam forma ao girar sobre ela, como por sobre um eixo. Sentia que se encontrava no ponto mais alto de uma roda. E que ficaria enredado, levantando o que estava cobrando vida em sua cabeça. Olhou de uma altura que deitava cada raio de luz sobre os telhados. Sabia que, quando desse um passo, abrir-se-ia um interminável horizonte por conquistar. *No meio do caminho de nossa vida,* escreveu. E deixou-se arrastar pelo aluvião daquele outro mundo, que buscava inserir-se neste.

COTOVIA

Passava meus dias com os olhos no céu, esse céu mais perto de mim que daqueles que continuam dedicando sua vida ao presente. Parecia outra existência aquela, quando podia reunir-me com moças de minha idade, e caminhar ou comentar juntas os últimos cantos e aventuras de Bernart. Não desço agora ao aposento das mulheres, muito menos transponho a porta dos jardins ou a ponte até os ondulados caminhos onde trabalham os vassalos nas plantações.

Chega de meu pai o necessário em provisões, assim como o entretenimento das jograis que recitam e cantam todas as tardes, pontualmente, à hora da merenda. Meu pai já decidiu meu matrimônio e quer sentir-se tranquilo. Reservou-me, especialmente preparada, a torre principal. Devo viver sem conversações inconvenientes. Meu prometido marido é rei, duas vezes viúvo. Devo estar constante e, verdadeiramente, não vejo nenhum momento melhor que esse matrimônio para instalar-me com a aprovação da corte, no campo de nada do meu futuro. Em um dia que já não está distante, antes dos torneios que celebrarão as bodas, conhecerei meu marido, que virá com as alianças.

As trovadoras de meu pai parecem bem jovens; foram escravas trazidas de longe e que, entre nós, recuperaram sua liberdade pelo canto. Talvez porque os artistas pertencem a nada mais que ao reino de seus amores.

Os desconhecidos lugares conquistados por meu pai não existiriam sem nossos donativos. Os habitantes dessas terras devem honrar-nos para que lhes chegue, airosos como um rapaz, o rio que cruza o castelo tão ufano. Devo sentir-me — sempre é questão de dever — feliz como as jovens que vivem fora das muralhas e podem banhar-se livremente no rio.

As jovens cantam coisas que parecem pertencer ao vento, mas, desde que estou aqui em cima, pus toda minha vida nos ouvidos para escutá-las. Cultivam o *Trobar leu*, e mais de uma vez lembraram-me a Beatriz de Dia:

...entrego-lhe meu coração, meu amor,
minha razão, meus olhos e minha vida.

Vestem roupas nas quais todas as cores parecem brigar para exibir-se. E levam uns chapéus que resulta difícil olhar, porque ostentam figuras que não se relacionam com as conhecidas. Sempre uma delas, Rafaela ou Mercedes, quando está próximo o momento de despedir-se, canta quase escapando-se de nossa língua — digna das aves do paraíso — algo com tantas palavras jamais ouvidas, que é impossível desfrutar mais que o som.

Ontem, pedi-lhes que repetissem esse canto e que o recitassem várias vezes sem deter-se. Cantaram-no as duas, então, e ficaram envoltas em um feixe de raios de sol que as transportou além do alcance de meus braços. Pareciam gozar com os olhos o que cantavam. Um trovador, que chamavam Darnauchans, assomava-se em suas palavras, e era tão mágico que lembrávamos dele, embora nunca nos houvesse visitado, nem eu sabia se esse reino seu, Uruguai, não era imaginário. Terminavam e começavam novamente. O canto, de tão formoso, era arrebatador.

O sol trazia a ansiedade de beber o sumo de todas as frutas; tornava pesado o vestido e me obrigava a proteger-me nos guarda-sóis. Podia subir um pouco a barra e as mangas, não muito, porque o resplendor queimava, e devia estar inteiramente branca, do rosto às mãos, agora que ia ter marido.

O quadrante solar ergue-se sobre a esquina nordeste da torre, como vigia da decisão de meu pai. Meu dever é contemplá-lo e marcar em cores meus dias de santa purificação. Vem-me a sensação de que, no quadrante, o tempo dá voltas e sai despedido adiante.

E hoje, inclinada, sem saber onde por os pensamentos, que parecem ordenar-se com o ritmo do canto de Rafaela e Mercedes, senti um lamento surdo, débil, mas com tal exigência em seu som pungente que me acerquei da amurada com passos rápidos. Ao longe, terminavam as plantações que percorríamos a cavalo com minhas donzelas, admiradas do trigo e das vinhas; mais além, os recantos secretos do bosque à margem do rio. Quando dirigi os olhos para baixo, vi uma nuvem de cotovias. Estavam paradas, com as asas duras, e mais que descobrir, tinha de imaginar se realizavam algum movimento. Senti que assistia ao instante em que acumulavam energia para lançarem-se sobre as árvores, ou matarem-se entre elas. Estaria por decolar um aluvião de cotovias? O sol emprestava-lhes uma cor avermelhada. Eram e não eram cotovias. Tinham cabeça maior que de um pássaro e represavam o canto naquele encoberto silêncio de plumas. O olhar de todo o bando parecia fixado mais além. Pensei, *como, se estão tão agressivas, gritam com tanta tristeza?* E percebi o lamento outra vez, muito mais tênue e perto. Inclinei-me e descobri um pássaro sozinho, de plumagem cinza, com o bico aberto, os olhos aterrados, molhado como se o houvesse surpreendido a chuva em pleno voo, que se encolhia no capitel grudado ao muro exterior do castelo. Não posso senão interpretar que o pássaro suava de medo ao contemplar a formação de cotovias com a agressividade nos bicos, as asas, o silêncio na quietude. O pássaro cinza estava quase ao alcance de minha mão, e ao seu terror se acrescia agora a incerteza de que eu o empurrasse para a formação de cotovias. Olhamo-nos. Penso que para esse pássaro o tempo em que sustinha meu olhar deve ter sido eterno, como minhas horas na torre. As cotovias em nuvem dominavam o ser vivo que decidiram acossar. Senti-me dentro da plumagem molhada daquele pássaro cinza. Recuei uns passos. O sol projetava minha sombra adiante. Faltava pouco para que viessem com o alaúde e a bandurra e, como o fizeram ontem, levantaram com aquele canto o tecido virgem de um tapete, onde se podia bordar um nome de um gentil homem, e contemplar como se levantava sua presença entre as letras. Até quase se podia ouvir sua voz varonil.

O sol tomou subitamente uma cor avermelhada, de boca enormemente aberta. Não queimava, mas tonteava. Despi as roupas uma por uma, deixando-as formando uma figura sobre o oratório para que dessem a impressão de terem sido deixadas por uma jovem que saiu a correr desnuda pela margem do rio. Fiquei como quando entrava em banho de sais e perfumes. Algo curiosamente estranho era meu corpo nu sob o sol. Veio pelo ar o canto das jograis.

Dava-me conta de que sempre havia desejado estar assim. Fechando os olhos, sentia que o sol queimava minhas entranhas, e que as cores das cotovias giravam em minhas pálpebras cerradas. Algumas imagens imprecisas de minhas irmãs recompuseram-se não sei de onde, inexplicavelmente, porque desde que haviam casado não tinha voltado a vê-las, e tampouco se falava a seu respeito nas reuniões de família.

Quando vierem Rafaela e Mercedes, encontrarão minhas vestes ordenadas e não poderão perder um só momento; terão de deixar os instrumentos de música e correr com a notícia pelas escadas. Deverá lhes acompanhar a sorte para que não se as aponte como culpadas. Mas a ninguém que as submeta a um interrogatório ocorrerá fazê-las repetir o canto do reino distante, com rapazes em meio a cores magníficas. Andei até a borda e subi o parapeito. Alcei os braços, alinhei-os como as asas das cotovias e larguei-me. Ficaria um momento como elas, flutuando.

A SENHORA

"Hoje me acerco das árvores
— sozinha entre árvores —
... distantes teus marfins e minhas lágrimas."
(Esther de Cáceres, *Sozinha entre árvores*)

A lua inventa estas árvores entre as quais estou perdida. São diferentes todas as noites, embora olhe-as sempre por esta, minha única janela. Espero tua presença, que despertou meu corpo quando meu ventre transbordou filhos, e acreditamos que o mundo era esse acontecer forte e franco. Mas partiste, apenas os filhos menores começaram a caminhar, e tive que manter tua fotografia e teu nome com ilusão e teimosia. Lacerava-me por dentro quando comprovava a indiferença muda que se multiplicava em cada um dos rostos das crianças. Foram mais desdenhosos do que pude suportar. Na vida de nossos filhos, tu não estavas, e eu te via neles. Por isso, quando todos se foram com seus maridos ou esposas, convenci-me que virias, se me encontrasses como quando nos conhecemos na pequena casa de teus pais, como as primeiras vezes que nos víamos e as trepadeiras floresciam entre os tijolos. Aqueles resplendores das árvores ao meio-dia, quando comíamos, olhando por esta janela, que é a mesma, ainda que pareça menor que então.

As formigas estão comendo o piso de madeira e levantando o de ladrilho. A senhora muda a poltrona de lugar, conforme se enrosca em um ladrilho levantado, ou em uma tábua carcomida. Um ambiente com janela pequena, voltada para o norte, serve de cozinha, contígua ao quarto, de uma só janela, na mesma linha das duas portas.

A senhora tem algo mais que oitenta anos.

Ao cumprir os oitenta, viu-se a viver sozinha na casa abandonada de seus sogros. Havia vendido sua casa e repartido o dinheiro entre seus filhos; os móveis, levaram-nos por sorteio. Sem nada mais que uma maleta, veio para a casa, que esteve dez anos desabitada; uma casa que havia ficado como se o progresso a houvesse ignorado, porque estava bem longe da rua, semioculta entre o alto matagal, sem água nem luz elétrica. Disse a mais de um que não queria ver ninguém. E seu desejo deve ter sido respeitado, porque não recebeu visita alguma até agora. Não tinha animais domésticos; cães e pássaros haviam partido com a divisão. O tempo estaria trancado nas frinchas da porta, porque a senhora parecia não o sentir e ficava, do amanhecer à boca da noite, de sombra a sombra, em sua poltrona de madeira e esteira, o único luxo que se havia permitido trazer.

Percebo a claridade com o desenho das formigas. No tempo em que cultivava flores, perseguia-as; agora, vejo-as desfilar como água. Levam em suas bocas folhas, insetos, pães, todo o mundo prisioneiro.

Nenhuma palavra pronunciada na rua é dirigida a mim. Cruzam pregões pela rua, e qualquer coisa que ofereçam parece-me distante. Fica-me o canto que me dizia ao ouvido, dando-me as chaves do amor para entender o que nos rodeava. Tenho, quase flutuante ante meus olhos, seu retorno; poderá ver-me sozinha, não rodeada de filhos que o esqueceram e desatenderam-me. Tenho as pernas dormentes na poltrona. Só ele poderá levantar-me. Estender-me-á um braço e sairemos a caminhar sob a arcada infinita da dupla fileira de árvores. Não falaremos para não romper o encanto. Será quando amanhecer, depois desta noite interminável, e chegará cansado da viagem. A poltrona ficará balançando-se, e a levarão as formigas ao formigueiro.

RATOS

Ninguém pode estar mais agradecido aos ratos que nós, a pequena família que chegou a um nível de entendimento e afeto entre todos os seus integrantes, que parecia impensável uns anos atrás. E tudo pelo esforço bem dirigido aos ratos.

O criatório era conduzido por meu filho, tendo por base seu fervor e a combinação de diversas técnicas. Tinha em conta uma tabela de idade para os acasalamentos, a resistência aos venenos, um sistema de rações cada vez mais exigente e uma bem documentada experiência de cruzamentos de variedades. Levava o projeto adiante com uma consciência que, a cada vez que eu a considerava, apresentava-se-me ainda mais admirável.

Os dois pisos de nossa casa estavam quase inteiramente invadidos por gaiolas metálicas. Os ratos do térreo eram os maiores, com seis semanas, e já em fase de reprodução; os ratos do segundo piso eram recém-nascidos ou ainda em amamentação. Incluíamos na comida, invariavelmente, misturado a couro e vegetais, um pó de cimento, com o qual esperávamos lograr a adaptação do estômago e, consequentemente, o ato de máxima efetividade. A ração não podia desprezar, na medida em que a mortandade fazia possível, a própria carne dos ratos, capaz de despertar — segundo meu filho — as potências mais efetivas dessa espécie destinada a dominar o planeta.

Por serem demasiado pequenas, as gaiolas não permitiam outros movimentos possíveis, além de comer e acasalar, ou comerem-se uns aos outros, quando assim convinha ao cultivo da ferocidade. Comem-se até a metade e vão morrendo juntos, a parte do corpo que lhes falta dentro do corpo do outro. Isso — comentava meu filho — era o que ocorria quando se punham juntos, em uma gaiola individual, dois ratos que haviam permanecido vários dias sem comida. Também se punham os enfastiados de dois em dois em uma gaiola, mas para reproduzirem-se.

O plano de meu filho consistia em infestar de ratos a parte ainda viva da cidade, contribuindo para que se levasse a cabo, de uma vez por todas, o extermínio humano. Convinha começar a soltura de ratos nas bibliotecas, nas lojas, nos supermercados, nas papelarias. Para isso, os indivíduos deviam ser já imunes aos venenos de lojas de ferragens e drogarias, uma variedade inumerável, mas que meu filho, depois de muito estudo e experimentação, reduzia a duas classes: os derivados da estricnina e do vírus Pasteur.

A estratégia de meu filho não deixava fios soltos; organizava esquadrões nas distintas especialidades, confiando no ratão cinza para a destruição dos canais, bueiros e fundações; o ratão preto escavaria as estruturas dos edifícios; o ratão dos bosques seria o senhor dos terraços; e ao olímpico ratão branco delegava a bandeira dos sempre atuais peste nega e hantavírus. Não devia ser outro o ânimo dos cruzados na Idade Média: a alta cerviz e o olhar brilhante de meu filho. Na cabeceira de sua cama, estava escrita esta legenda, em esmerada letra gótica:

O ratão é a destruição.
Horapolo 1–50

que havia encontrado em um livro sobre os egípcios, quando lia, como era seu costume, o que chegasse às suas mãos, referente à morte. Vivia eufórico, como se cumprisse uma missão largamente acalentada. A mãe, os irmãos e eu, o ajudávamos na tarefa de limpeza porque, embora estivéssemos acostumados, o cheiro resultava tão insuportável como interminável a limpeza da dupla fileira de estantes. Não posso negar que, diferentemente de minha mulher e de meus dois outros filhos, que o faziam somente para colaborar com Venancio e afastá-lo de suas crises depressivas, eu me sentia curiosamente reconfortado, com a sensação de algo sem dúvida muito importante.

Nem sua mãe, nem seus irmãos maiores, nem eu, podíamos esquecer quando o menino de cinco anos, que era então Venancio, contou-nos que seu padrinho o havia violentado. O irmão de minha mulher o havia violado em nossa própria casa. Minha mulher afastou-se de toda sua família, condenando o degenerado como convinha. Vivíamos isolados. E eu, suportando o pesadelo da morte que não cometi, a que deveria ter cometido em seu momento. Há momentos do dia em que minha vingança desenha-se com detalhes que minha covardia vai aperfeiçoando no ar. Mas nada fiz.

A lembrança vai repassando os acontecimentos, torturando-me. Quase se pode dizer que a figura do degenerado apagou vários períodos da minha vida. Fiz anotações em um caderno que mantive escondido, de como o mataria, a seu filho e a seus amigos. Não me importava todo o sacrifício que tivesse que fazer se, ao final, pudesse matá-lo lentamente. E estratégia final, que me pareceu mais aproveitável, foi a esplêndida invenção medieval do sino sobre o ventre com um ratão dentro. Quando perdi o caderno em que anotava essas coisas, segui construindo minha vingança nos entressonos e, afinal, esqueci-me de tudo, colaborando eficazmente na organização do criatório.

Com minha mulher e meus outros filhos, dedicamo-nos a assistir a Venancio. Ele pôde entregar-se ao prazer de criar coelhos, gatos, pássaros, mas sempre de um a um, como mascotes. Era uma maneira de preencher a solidão, porque não gostava de brincar com outros meninos. Mas abandonou todos os demais animais quando começou com os ratos.

Em minha visão, Venancio converteu-se em uma virtuose da criação de ratos. Há poucos dias, começou algo que me parece atinado e preocupa a sua mãe, porque ela acredita ver nele alguns sintomas de desequilíbrio: distribuiu, a prudente distância das gaiolas de criação, três gaiolas de madeira com canários. *Os ratos precisam de música* — explicou — *e sabem imitar aos canários.* Parece-me uma tática notável. Creio que não importa a casa inundada de canto, mas o fato de estarmos proporcionando aos ratos uma forma mais efetiva de comunicação.

De comum acordo entre nós, decidiu-se por uma ampliação na cobertura do terraço, que tanto o entusiasmo como o plano geral de Venancio mereciam com abundância. Não se podia continuar com os disfarces de espaço que fazíamos ao nosso próprio espaço nos quartos. Às vezes, invadíamos com gaiolas os quartos, a cozinha e o banheiro, e já não tínhamos onde pô-las. Com a ocupação do terraço, poderíamos chegar às seis camadas anuais, algo nada simples em cativeiro. Antes de cada passo, meu filho consultava um caderno que guardava como relíquia. Em seu quarto não cabia outra gaiola, mas dava-se o prazer de pendurar na cabeceira um mural com chapas radiográficas de ratos e seres humanos.

Não recordo um tempo mais feliz em minha relação com meus filhos, que o da cobertura no terraço. Eu via Venancio com essa vitalidade e segurança em si mesmo, próprias daquele que constrói a casa com suas mãos. Mais de cem metros quadrados foram imediatamente convertidos em um labirinto retangular de um corredor que dava quatro voltas sobre si.

Há poucos dias, meu filho tornou a surpreender-me. Confiou-me que, quando completasse a criação do primeiro piso, ia realizar uma soltura massiva. Questionei-o. Explicou-me que ia esvaziar os três pavimentos por ocasião do Natal. Contestei-o, dizendo que uma soltura tão generosa não ia ser reposta em curto tempo.

— É necessário que alguns preparem o caminho com seus corpos — recitou, olhando para o alto.

E prosseguiu, mas escandindo as sílabas:

— Já te esqueceste do que escreveste no caderno?

VÍBORAS

Instalou um posto de venda de víboras na feira e disse, baixinho mas com firmeza: *daqui não me movo*, àqueles que o rodearam, gritando que aqueles bichos molestavam as pessoas e não eram produtos de feira. O homem resistiu: *A víbora é um animal inocente. O único que pode salvar-nos.* Tinha um aspecto deplorável, com sua calça e camisa mal remendados, e talvez por isso não lhe caiu em cima *a pesada*, que era o grupo encarregado de afastar qualquer perturbação aos feirantes.

Em princípio, houve tolerância, mas em poucas semanas os feirantes passaram a aceitá-lo porque o novo colega atraía seu próprio público. Um homem e seu vaso de cristal sob o braço, tornou-se uma imagem dos domingos. Também tomou corpo o favorecer e proteger o vendedor de víboras, porque o sentiam desvalido, incalculavelmente velho e, coisa mais estranha, desinteressado, tanto do negócio em si como em sua relação com eles.

O vendedor de víboras sempre falava com a autoridade que lhe outorgavam os anos, mas parecia que, no momento em que falava de víboras, transportava-se para um outro mundo:

ficava com os olhos fixos em um ponto acima das cabeças dos interlocutores. Sua palavra soava, então, como a de um pregador, que vinha de vez em quando à entrada da feira.

Dom Fabio, que era o nome com o qual se deu a conhecer, dava a impressão de desfrutar até fisicamente dessas horas na feira. A qualquer curioso que parasse diante de sua esteira, falava-lhe da criação de víboras com o mesmo entusiasmo de quem busca convencer das vantagens de uma vacina. Fazia observações tanto sobre o comportamento dos animais como das exigências pessoais do ascetismo que devia cumprir o próprio criador. Falava das víboras como se falasse dos próprios filhos que não tinha.

Não demorou muito para que fosse considerado *o avô* da feira. Aos contrabandistas que tinham que viajar à fronteira, Dom Fábio lhes vigiava o posto; aos guris que perambulavam sem uma moeda, comprava-lhes amendoins ou pirulitos. Bem depois do meio dia, atrasando o momento de chegar a sua casa, ia com os cestos de serpentes e a *Bíblia* de capa vermelha, que permanecia aberta toda a manhã, ao lado dos vasos.

Dom Fabio conhecia as víboras por pequeno que fosse seu pedaço de pele. Afirmava que elas também lhe reconheciam a voz e moviam a cauda compreendendo. Os animais apreciavam o carinho e entregavam-se aos seus mimos com uma força maior que a da música. *Falo-lhes de manhã, quando me levanto antes do amanhecer, e o ar ainda está puro.*

E para a criação — explicava entusiasmado — são poucos os cuidados e as provisões: calor no inverno e sapos em todas as épocas. Estes últimos, para enriquecer a alimentação de cativeiro.

Havia passado anos cultivando espécies pouco conhecidas na região. E tinha orgulho de ser visitado por crianças de branco, com suas professoras declamadoras, que combinavam previamente a visita, como passeio didático ao único criadouro de víboras da região. Dom Fabio contava às crianças que falava às suas víboras como a filhotes, mas sempre de coisas sérias, "porque são mais inteligentes que os outros animais".

Foram épocas de reconhecimento e, o que é mais importante, de paz. Como as brincadeiras tinham seu auge quando chegam os Reis Magos, Dom Fabio preparava-se especialmente para a Semana Santa. Os padres recomendavam, com base no *Discurso sobre as víboras*, de Martín Martínez, que as víboras não eram carne como as proibidas na Bíblia, e que se podiam comer nos dias de abstinência. Vinham, com tempo, de zonas distantes, para fazer reserva *de alguma víbora gordinha, porque em casa somos uns quantos.* Quem não gostava de bacalhau comia víbora, como se não se pudesse, justamente nesses dias, estar sem comer algum tipo de animal. Fulminado por essa percepção, Dom Fabio cortou a prática pela raiz. Aquele que lhe havia parecido um tempo de felicidade, pareceu-lhe de um intolerável egoísmo. *Era uma vergonha que seres de minha estima marchassem com destino de forno e churrasco.* Tampouco seu orgulho havia aceitado transformar o criadouro em serpentário destinado a prover soro antiofídico ao litoral uruguaio-argentino, como lhe havia proposto a Direção de Saúde Pública.

Ocorreu-lhe a feira porque havia acumulado víboras em demasia. Mas, ademais, porque acreditava justo que todos os homens tivessem a oportunidade de ter uma para criar e merecer, não para comê-la.

O certo é que Dom Fabio desfrutava do domingo de feira, encontrando-lhe um ritmo de alegria inexistente em outros lugares e dias de sua vida. Os casais de braços dados, de olhos vivazes e vozes reais, os desconhecidos que viravam amigos, como se não existisse passado e porvir, só o domingo seguinte. Parecia que era o único tempo em que todos se comportavam como se a vida tivesse sentido.

Também aproveitava a feira para fazer as compras de frutas e verduras da semana. Os rapazes, em troca de escutar seus contos de víboras, conseguiam-lhe rãs para a víbora central da casa, a única que tinha vaso no dormitório, a eleita que vivia sozinha, a que não mostrava aos curiosos nem levava nunca a nenhuma exposição. Por suposto, Apofis — que era o nome pintado no vidro — tampouco estava à venda. Esperava os exemplares que seu cuidador selecionava-lhe para acasalamento. O marco dourado de seu vaso era trabalhado como os espelhos dos antiquários. Dom Fabio mirava-se nesse vaso. Apofis devia purificar-se para receber seu par. Dom Fabio acalentava com fervor a esperança de obter, algum dia, a serpente que fala.

LANCELOT

Dava passadas de um metro e, inesperadamente, retrocedia outro tanto. Sua inquietude parecia inclinar-se mais para o movimento em si que para o avanço. Entretanto, aquele homem estava fugindo. A suas pegadas desencontradas confiava o desnorteamento dos sabujos, se houvessem. Não tirava nunca o uniforme de trabalho, mas o modificava para seu percurso pela cidade, retirando-lhe a fina franja amarela grudada ao longo das pernas e as mangas. Isso lhe parecia suficiente.

No escritório, era distinguido pelo chefe, elogiado e apontado como exemplo, mas isso não era mais que uma conveniência, porque L programava-lhe o trabalho e apresentava-lhe em uma pasta a solução dos problemas de cada dia. Ademais, como L adiantava-se a dar sua adesão ao chefe em toda instância, fosse ou não necessária, resultava em comprovada efetividade. Chegara a ser encarregado da relação com a *Impositiva*, o manejo mais importante de dinheiro da empresa.

O que o chefe ignorava era que por nada do mundo L o trairia, porque seu objetivo era conquistar sua confiança até tornar-se imprescindível. Toda demonstração de respeito e coincidência nos mais diversos temas parecia-lhe insuficiente, porque a única coisa que desejava com isso era compensar as relações amorosas que mantinha com a mulher do chefe. Nesse sentido, orgulhava-se de que ninguém na oficina pudesse provar nada contra ele.

A mulher do chefe, de trinta e poucos anos, a metade da idade de seu marido, dispunha de um dia na semana que era inteiramente seu, um dia em que podia dedicar-se a visitar ou ser visitada por suas amigas. Nesses dias, invariavelmente, ocorriam encontros com L, esse homem que lhe causava a vibração própria de sua idade.

No escritório, L movia-se parcimoniosamente, com passo e voz firmes. Antes e depois de seu horário de trabalho, saía à rua em desafio, saltando de café em café, vigiando se alguém o perseguia pelos reflexos dos vidros e nas palavras de todas as conversas.

Nas horas em que visitava a mulher do chefe, L desfrutava tomando seu uísque e comendo suas comidas. Nunca mudaria essa riqueza de viver em perigo, de cuidar até do movimento dos lábios, de viver tomado por rostos que lhe perscrutavam, pela vida comum que suportam com resignação seus companheiros. A chave de sua felicidade consiste em resistir ao desejo de que a mulher do chefe seja sua e tome posse de seus outros dias da semana. L não pode confessá-lo, mas repete-se a si mesmo que, se a converte em sua esposa, ela se converteria em uma mulher qualquer.

DOZE CAVALOS

A mãe lhe dizia: *Tem um poço atrás de teus olhos. Você está ausente.* E a filha abria bem os olhos para deixar escapar o vazio.

Mas a filha já havia deixado de chorar, e não se sentia fatigada pelo temor ao grande descampado em que se podia cair dentro de si mesma.

Sozinhas na casa de mais de cem anos, com paredes descascadas, que deixavam ver inumeráveis capas de pintura, encontrou-as o compadre do morto, quando lhes levou a tropa deixada em herança.

O marido e pai, desaparecido em complexas circunstâncias — há quem sustente que inventou sua morte, com cadáver levado pelo rio, para dedicar-se a uma família distante —, ausentava-se em viagens que duravam meses. De que se tinha notícia aqui nesse povoado, tinha tido quatro filhos, dois com Fila, piedoso apelido de Filarmônica, e dois com sua segunda companheira, Antonia Brum, a mãe de Ofelia, a única que havia ficado em sua casa.

Ao compadre, que o era por quatro vezes, porque havia batizado suas quatro filhas, tocou ser o encarregado natural de entregar a tropa.

De que podia servir a essas mulheres, no subúrbio pobre da cidade, onde não conheciam ninguém, uma tropa de doze cavalos zainos? Porque o finado — que Deus o tenha em sua glória — não permitia que saíssem às ruas. Claro que não foi minha culpa e não pude fazer outra coisa que me apresentar, defendendo o seu valor. Quando cheguei defronte à porta, parei, quase se pode dizer que com o braço levantado. Os cavalos mordiscavam o pasto ao redor das árvores da trilha e outros entretinham-se explorando o terreno baldio vizinho. Cada cavalo olhava para um lado diferente, como se ignorassem a presença dos outros. A mulher do meu compadre abriu a porta tão rápido que pareceu que me estava olhando através dos vidros da janela. E ficou em silêncio no umbral, como se a tivesse sofreado minhas palavras e meu gesto. Mediu muito bem a resposta que me deu, acentuando as palavras:

— O Senhor não pode me fazer isso! Que faço agora?

— Vende-os.

— E o Senhor não pode fazê-lo? Não poderia tê-lo feito?

— Se o compadre quisesse que eu os vendesse, ter-me-ia dito. E não que os trouxesse assim, como se apresentavam.

Minha afilhada menor olhava-me como se eu aparecesse depois de suportar uma noite de uivos. A mulher do compadre lamentou-se de não ter dívidas que pudesse pagar com cavalos. E depois, sem me olhar diretamente, como se eu fosse o causador de sua desgraça, ou já tivesse ido embora, fez adentrar os cavalos entre as duas, atados um ao outro, puxados pela corda como uma procissão, não pelo portão lateral, mas pela porta da frente.

O compadre do morto afastou-se da casa cheia de cavalos e, nos dias seguintes, procurou evitar as reuniões de esquinas e bares, onde podia surgir o comentário e as perguntas sobre a tropa de dona Antonia e Ofelia.

Muito antes desse momento da entrega da herança, ninguém visitava a casa, de maneira que os vizinhos se viam obrigados a reconstruí-la de memória, empenhados em convencer a si mesmos, para depois apontar a outros a gravidade do assunto. O espaço somado dos quartos, da cozinha, do corredor e do banheiro, repetia o do fundo. E ali estavam os cavalos, doze. Era difícil para os vizinhos imaginarem que aqueles cavalos pudessem se movimentar de um lado a outro. O cavalo que estava no ângulo sudoeste, seguramente, estava ali desde que havia entrado naquele domingo de sol, recortado como uma lua. O problema da alimentação incomodava-os, levava-os a indagar, intrigados: *de onde tiram a comida, se não saem de casa?*

— Um mistério permanece até agora. Meu pai deixou-me com esse homem, teu pai, que procurava alguma coisa que não sabia o que era. E por isso passava mais tempo fora que conosco.

Não falavam dos cavalos. O tempo naquela casa deve ter sido aprisionado no muro de pedra; deve ter sido trancado nas patas dos cavalos.

Transcorreram umas semanas, que podiam muito bem corresponder a uma desaparição normal do marido, e dona Antonia morreu no hospital, depois de alguns dias em que esqueceu sua identidade e não mais reconhecia a filha. Comentava alegremente, entre resmungos, que estava vivendo em uma cidade sem poços, em campo sem sulcos e entre pessoas sem buracos. Dizia *que andava e andava por esses lugares, que eram lisos. Mas, em algum lugar, deviam esconder-se armadilhas para caçar animais.*

Ninguém pode dizer que Ofelia sentiu minimamente a morte de sua mãe. Tampouco deu sinais a outra filha, que há alguns anos estava ausente, como se a tivesse tragado a noite. Ofelia não permitiu que levassem o corpo para casa; cumpriu as formalidades de praxe do velório e do enterro, com gestos visíveis e olhar de quem estava em outro lugar. No dia seguinte, foi embora da cidade, sem que a vissem novamente ou que viessem a saber notícias dela. Mas, antes, isso é o que ninguém vai esquecer, tirou os cavalos de tração com a mesma corda azul esgarçada com a qual os havia levado o compadre. Saíram um atrás o outro, com o passo resistente com que haviam entrado e pela mesma porta da frente.

A última imagem é a de Ofelia com uma pequena bolsa pendurada no ombro, distribuindo palmadas para que os cavalos se dispersassem. Com tanto tempo grudados uns aos outros, parecia que se lhes houvesse inculcado a impossibilidade de separar-se.

Ofelia não voltou no outro dia nem nos dias seguintes.

Resolvemos entrar, afinal. Havia tantos destroços na casa que estou seguro de que os cavalos viviam dentro e elas fora. Tocou-me a mim, como compadre, entrar primeiro.

CRIANÇAS DE MILHO

Encontraram-se naquele amanhecer de dezembro, em que, em lugar de milhos, haviam brotado crianças. Alinhados nos sulcos normais dos canteiros, com um verde recém-estreado e olhando para horizontes opostos, havia uns meninos esquálidos, parados em pé, como espantalhos.

— *E agora?* — disse em voz alta e sem dar-se conta o homem. — *Não poderemos manter tantos meninos.*

Sem concluir o percurso pela chácara, voltou sobre seus passos para contar a novidade à sua mulher. Ela o escutou com os braços na cintura, tentando olhar os canteiros por cima dos ombros de seu marido. Quando ele concluiu o relato e sentou-se, dominado por um súbito cansaço, sobre a árvore tombada com galhos verdes na base larga do tronco, ela se apressou a caminhar em direção à chácara para encontrar-se com os novos e igualmente surpresos habitantes.

Voltou, e sentaram-se juntos. Consideraram o estado geral das crianças com uma total coincidência sobre o que devia ser uma boa saúde: verde luminoso, galhos como ossos, e o que devia ser organismo debilitado: manchas, rachaduras, excrescências.

— Ao trabalho — disseram a si mesmos.

E foram várias vezes da casa aos canteiros, tentando fazer com que as crianças aceitassem a comida que punham em suas bocas abertas. Era incompreensível; as crianças de milho rechaçavam todo alimento. Provaram, sem êxito, o leite, a água, uma variedade de verduras e até finos filés de carne.

A chácara, sem que soubessem desde quando, mostrava-se inundada por uma música apenas audível. Escutaram-na quietos, como se chegassem reflexos de sol debaixo de uma árvore que havia perdido suas folhas. Os acordes imobilizaram-nos, isolando-os do mundo conhecido, levando-os a um campo vermelho, como se houvesse despencado o céu ao amanhecer. Olharam-se e compreenderam. Restava experimentar com sangue, e quando se cortaram os pulsos sentiram que davam forma a uma figura desenhada entre orações por aquela curandeira que consultaram várias vezes e que, em lugar de falar, cantava.

As bocas das crianças beberam com fervor. Reviravam os olhos em êxtase e moviam suas folhas como se marcassem um ritmo. Um baile de reflexos sobre a água.

Na isolada chácara de Máximo e Clara, a prática do sangue ajustou naturalmente seu sistema e horário. Ele repassou os anos de casados, ao longo dos quais tomou com sua mulher uma variedade interminável de ervas, tantas quantas os vizinhos ensinaram que, com determinadas combinações, obteriam êxito. Falavam-lhes de gêmeos e trigêmeos depois de vários anos de infertilidade. Mas tinham que ter paciência. *E fé* — repetiam os vizinhos, conhecedores das ervas, quase primos irmãos dos curandeiros. Com os olhos hipnotizados por aquelas recordações, tinha que lhes passar pela cabeça: *Pensar que até os milhos dão filhos, mas não nós.*

O homem não conseguia conciliar o sono, não pelas espigas humanas, com uma boca que parecia demonstrar a força da terra, capaz de criar tanto rios e montanhas como ciclopes e gigantes, senão pela música, que depois também começou a sair das paredes. Não quis comentar esse último sucesso com sua mulher, que estava sempre olhando o teto em silêncio, porque, diante da preocupação que tinham, o assunto das paredes musicais soava-lhes uma vulgaridade.

A manutenção das crianças foi uma responsabilidade que chegaram a cumprir como uma rotina. Selecionaram quinze, entre meninos e meninas que pareciam mais fortes, cuidando de não pensar e não olhar a cara dos restantes. Marcaram, com tiras de pano vermelho, as crianças robustas, a fim de reconhecê-las de longe, e não perder tempo nem criar falsas expectativas entre aqueles deixados de lado no momento de distribuir o sangue.

Com o passar dos dias, o homem e a mulher acreditavam ver crescer as formas, os traços distintivos de cada uma das crianças. Abstiveram-se de dar-lhes nome, pois lhes pareceu um sacrilégio, e, ademais, isso tornaria mais difícil ainda passar ao lado dos descartados. Melhor que seguissem sendo, na medida do possível, apenas espigas de milho. Passaram várias semanas dando seu sangue a uns sim e a outros não. Mas, ao contrário do previsível, os não alimentados não caíam; apenas mudavam de cor, até chegar a ser como um galho que se levantava da terra.

Chegou o tempo dos sonhos. A mulher sonhou que a possuíam incontáveis homens da cidade e que tinha muitos filhos, cada um parecido com o seu pai. Puderam interpretá-lo como um bom augúrio e comentá-lo. Mas homem e mulher sentiam que nenhum tema devia distraí-los do cumprimento de sua obrigação. A debilidade em que caíam após o suprimento de sangue era a causadora dos estados oníricos. Depois de caóticas imagens em espiral, suas mentes fixavam-se nos seres que eram um pé de milho mas que, atentamente observados, tinham cintura, ombros largos e cabeça incontestável.

Numa sexta-feira, à hora em que o sol se põe, depois de uma última inspeção nos canteiros, e quando imaginavam um fim de semana tranquilo, o homem e a mulher descobriram que as crianças de milho falavam. Não lhes havia ocorrido que, ainda que tivessem um tamanho considerável, pudessem fazê-lo, passado tão pouco tempo de terem se levantado da terra. As palavras foram claras, com contrastes e arredondamento de sílabas, como se em lugar de vozes fossem plantas no meio de um campo deserto. É certo que somente repetiram sons sem qualquer ordem: "terra, desgraça, amanhecer, vizinhos, filhos, nunca, inteligência, cães, cavalos, arado, hoje". Não pareciam coordenar senão que os sons chocassem como cartas de baralho que caem sobre a mesa. Palavras soltas que, por seu tom, podiam ser as de um animal desconhecido. Passada a surpresa, o pai e a mãe ignoraram em tácito acordo aquele martelar incessante de sons que explodiam como borbulhas no ar.

Homem e mulher tornaram-se sonâmbulos, levados e trazidos por seus sonhos e, contudo, comprometidos com uma obrigação sem tréguas. As crianças aprendiam um dia o choro, outro dia o bocejo, o riso, o queixume, a maldição, e praticavam todos de uma vez, não em coro, mas desordenadamente.

Ambos sonhavam na mesma direção. Os esposos sonharam, na mesma noite, que uma turma de homens e outra de mulheres vinham da cidade e enamoravam-se de suas plantas. Os meninos de milho — segundo os sonhos indicavam — tinham os órgãos sexuais normais, e as meninas, uns peitos tão tentadores como dizem que foram os das sereias. Os homens e as mulheres da cidade lhes convidavam por todos os meios a manter relações, mas tantos os meninos como as meninas de milho respondiam com indiferença de plantas.

Uma tarde, enquanto a mulher andava entre dois canteiros, o homem aproximou-se de um pé de milho tomado por uma cor que parecia antecipar a morte e desceu a enxada justo na união da perna com a terra. Golpeou várias vezes sem agachar e comprovar que algo parecido com sangue brotava dos pés do menino. Quando deu por completada a tarefa, olhou para um e outro lado, porque em nenhum lado do caminho divisava sua mulher. Encontrou-a ao pé do canteiro mais comprido, caída sem um só gemido, com os membros desarticulados, como se houvesse caído do telhado da igreja do povoado. Do chão, por sinais, chamava a atenção para o menino que havia faltado alimentar.

O homem pôs-se de cócoras ao seu lado e, sem pensar, disse-lhe coisas esquecidas que vinham do tempo em que se haviam conhecido, enquanto lhe sustinha com a mão a cabeça, que pendia para os lados, por pura debilidade. Ambos ouviram o que dizia o menino de milho recém-tombado, alto e claro:

— Nunca chegarás a saber se não sou o único que pôde chegar ao entendimento.

O homem levou a mulher para casa nos braços e depositou-a na cama. Sentiram renovar-se a surpresa da pele um do outro, que respondia a misteriosos chamados, ainda quando estavam quase transparentes. Não comentaram as palavras do menino de milho. Ele a convidou a escutar a música das paredes, e ela lhe respondeu que não fazia outra coisa senão escutá-la, desde o dia em que as crianças cresceram.

O homem teve um pesadelo com os meninos de milho. Declararam-lhe possuírem um conhecimento absoluto do coração humano e disseram-lhe, gaiatamente, que conheciam tudo deles pela simples razão de que se alimentavam com seu sangue. Sentiu que até as palavras soltas pronunciadas no pesadelo incendiavam-se sobre seu rosto. No mesmo sonho, soube que se a comunicação com os meninos de milho não era possível — lembrou a quantidade de vezes que o havia tentado sem êxito — era porque, como lhe disse uma implacável boca verde, *não nos podem mentir porque conhecemos o que sai de vossos corações.* A sensação de que algo apertava-lhe o peito e queimava-o, sentiu-a somente ao despertar, e quando começou a alinhavar o sentido do que ainda ressoava em sua cabeça.

Ao amanhecer do dia seguinte, o homem saiu, como sempre, a percorrer os canteiros. A mulher permaneceu na cama, recompondo-se. A música das paredes havia deslizado, como se houvessem falantes ocultos sob a terra. Pareceu ao homem que se assomava uma voz entre os acordes, tão débil que parecia que somente desejava ocultar-se. Mas não se escutava mais alto a música, ainda que pusesse a orelha sobre a terra.

Um vizinho da chácara era fanático pela soprano María Callas, e ninguém mais que ele podia pôr essa música. Era a única explicação possível. Por instantes, chegavam a ouvir com mais clareza: tratava-se de uma canção de ninar, e era María Callas a que cantava. Mas não se podia localizar o lugar de onde vinha.

Esta manhã, uma cara — que marido e mulher recordavam do dia anterior como verde e luminosa — amanheceu cruzada por rachaduras de terra seca. O homem apressou-se a refrescá-la com baldes de água, mas não houve escapatória, porque a morte havia caído sobre esse pé de milho como nevasca em pleno verão.

Voltou para casa mais triste que de costume. Quando contou o fenômeno à sua mulher, ambos buscaram forças na lembrança de seu amor de início, quando brincavam com seus corpos pensando nos filhos que teriam. A mulher levantou-se e saíram a caminhar. Devagar, como se ela contasse os passos. Foram tomados pela ilusão, olhando não aos canteiros, mas ao longe, esquecidos da dor nos pulsos, sem importar-lhes que seu sacrifício desse toda a impressão de ser em vão. As quintas verdejavam no horizonte e eles, que não tinham um filho que os alegrasse, suportavam canteiros de bocas insatisfeitas. Mas iam de mãos dadas. Disso se deram conta quando tiveram que se separar por causa de uma figueira. Iam de mãos dadas tocando-se mutuamente a pele, os ossos, sentindo o calor e a pressão um do outro.

O homem e a mulher não podiam se esquecer das crianças descartadas já no início dos cuidados, os terrosos que tinham continuamente a boca aberta em um ricto. Mas ensaiaram a única defesa: não falar do assunto e estar sempre juntos.

A debilidade continuava a bombardeá-los com sonhos. O homem sofreu um feroz pesadelo, a figura e a voz do vizinho jogando-lhe na cara que María Callas jamais havia cantado aquela canção. Fazia-o com gestos violentos, atribuindo-lhe a culpa de uma ignorância incompreensível. A mulher sonhou que as crianças não alimentadas chamavam-na mãezinha cada vez com mais força.

Sangrando no talo pelo golpe da enxada, o homem havia renunciado a cortar as raízes das crianças descartadas. Ele e sua mulher haviam aprendido que, a essa hora com luz mas sem sol, todas as crianças, as alimentadas e as abandonadas, ficavam unidas por umas vozes leves, que as moviam como se fosse um vento. Parecia uma oração que todos rezavam de maneira sustenida. O que resultava perigoso era que puderam ouvi-la do caminho às chácaras vizinhas. Só faltava agora — comentavam ao deitar-se — viessem a bisbilhotar o que acontece em nosso campo. A noite se prolongava, retardando o momento de entregar-se ao sono. Todos os temores apagavam-se, não com a luz do amanhecer, mas com a música. Apenas davam os primeiros passos em direção aos canteiros, respiravam María Callas no ar.

Desde que a mulher havia caído entre os canteiros e o homem havia cortado com a enxada os pés do milho terroso, as crianças desabavam em terra nos dias mais inesperados. Não bastavam as escoras de cana para ajudá-los a manterem-se em pé. O homem e a mulher já estavam só pele e ossos, e era um milagre que estivessem em pé. E o que mais lhes doía, entretanto, era contemplar diariamente a inutilidade do sacrifício. Quando descobriam os caídos, tanto verdes como amarelos terrosos, sentiam em sua própria pele uma sensação de campo que se queima no momento da colheita.

Com acelerada frequência, morriam as crianças de milho. Um grande poço recebia suas cabeças tombadas na ponta de um corpo quase totalmente desaparecido. E o poço nem era tampado porque já recebia os despojos seguintes. Tinham agora uma linguagem clara, como a do menino sacrificado. Mas nunca repreendiam, e repetiam doces palavras de despedida. Desaparecia uma fileira após outra. Até que restaram apenas duas crianças de milho nos sulcos. O pai, de joelho entre ambos, sustinha-os com os braços abertos. No momento em que suas mãos se cansaram, as crianças de milho tombaram ao longo do sulco com as raízes para cima.

Durante o tempo em que alimentaram, dessangrando-se diariamente, o homem e a mulher acreditaram estar em meio a um calvário. Agora, depois de presenciar a morte dos dois últimos, reconheceram que lhes haviam preenchido de sentido seus dias e noites de solidão; o casarão antigo e isolado, do qual ocupavam apenas uma peça, havia se convertido em um castelo de lenda.

O homem e a mulher sentiram-se abandonados em um planeta desconhecido. E livres de sonhos. Resultava desconhecida a terra da chácara, os caminhos e o silêncio novos. E as demais plantas estavam também secas, porque tinham sido abandonadas por muito tempo. Máximo percorreu os canteiros, pensando em recompor a plantação, em preparar a terra, porque ainda estava em tempo de semear.

Sentiram estranhos o ar que respiravam e a água que tomavam. As tardes fizeram-se intermináveis. Sentado no tronco da árvore do paraíso caída, Máximo sentiu que o tempo havia parado no instante em que o sol fundia-se sem fim no horizonte. Era como se tivesse interrompido a chegada da noite. Quando se deu conta, pensou: *mas não faz mais que um momento que estou sentado aqui, se entretanto tenho lembranças como se tivessem passado vários dias.*

Essa noite também resultou demasiado longa e entrecortada pela respiração agitada de sua mulher. Noite sem sonhos e desvelos.

Ao amanhecer seguinte, saiu à chácara com surpreendente alegria. Clara não o acompanhou porque havia resolvido cuidar-se. O homem descobriu nos temidos canteiros uma irrepreensível plantação de milho. Tratou de convencer-se de que caminhava e não estava deitado, e de que eram verdadeiros, e não um desfile de imagens que passavam pelo teto do quarto de dormir. Soava o vento entre as folhas e não restava nem ressonâncias da voz de María Callas. Eram pés de milho como os de sempre, como os das chácaras vizinhas, com espigas envoltas com palha ancha e folhas como samambaias.

Máximo olhou um e outro lado, acelerou o passo, buscando alguma daquelas cabeças ondulantes, com olhos que o haviam olhado por dentro. Pareceu-lhe divisar um, pequeno, mas escuro e pálido, como burlador que quisesse jogar às escondidas. Mas acercou-se e viu que não eram mais que milhos, robustos, com seus bons três meses no sulco. Não havia olhos naquela placidez de verde.

Voltou apressadamente à casa, mas não pôde gritar e estacou. As paredes ressoavam como se toda a casa tivesse a voz inconfundível de sua mulher, cantando uma canção de ninar. Avançou com esses passos que balançam o corpo apoiados na ponta dos pés, e deteve-se, agarrando-se ao batente da porta.

Clara, da cama, olhava-o radiante, levantando entre suas mãos um bebê que chorava.

JUANA

Juana, Juana, Juaaanaaa, porque é meu nome, como uma corda para amarrar os tendões que querem descolar-se de mim, este estômago e este peito que também querem desgarrar-se de meu corpo. A mordaça e a venda dos olhos levam-me tão para dentro que estou me agarrando à borda de um poço e chapinhando no ar úmido.

Mudo, sem dar-me conta, e digo Jua-ni-ta, enquanto ando aos saltos e às escondidas entre as saias de mamãe. Sinto que me apertam outra vez. Que podem querer de Juanita, estes homens que grunhem? Sou a menina que vai à escola, não sou mais a professora. Arrancaram a professora da escola, diante de todas as crianças.

Houve tanto tempo de silêncio que cheguei a relembrar longos trechos da minha vida. Mamãe, papai, as coleguinhas, papai, mamãe. Sou a menina da amarelinha e das bonecas, a de tranças cuidadas, que não tem dores porque tem o corpo inteiro, sem necessidade de cordas que o amarrem.

Mas sigo entendendo. Quase era melhor o tempo dos golpes em completo silêncio, ou no anonimato. Desde que começaram a dizer nomes ao meu redor, decretaram minha morte. A escuridão e o silêncio protegiam-me. Não quero que me tirem a venda.

Violam-me outra vez. Sou Juana, Juana, a menina, menina. Já tenho um filho dentro de mim. Não me batem no ventre porque é o único que vale. Mas agora falam, e o eco não termina nunca. Não posso senti-las como palavras isoladas, senão como blocos que se juntam formando muros: *temos que deixar que nasça, depois a matamos, depois a matamos, temos que deixar que nasça, depois a matamos.* As palavras na cisterna e em um moinho. Estou olhando muitos anos atrás. Não posso chegar ao corpo Juana, à cara Juana, à barriga Juana, e apenas posso pensar em meu filho, que abrirá os olhos em uma casa, casa, casa. Com luz e algum pai, e...

CIDADE ENTRE CINCO

Quem chega pela única estrada que permanece transitável encontrará os escombros do que foi uma próspera cidade junto ao rio, no primeiro desvio depois da árvore. Não há como equivocar-se; é a única árvore em pé depois da enchente que nos declarou oficialmente desaparecidos; árvore de enciclopédia e de museu.

Alguns pássaros negros, ratos e gatos são os únicos transeuntes nas ruas. Alguém disse, com razão, que, depois que morrer o último gato, morrerá o último de nós. Um curioso poderia andar neste cenário várias vezes, de ponta a ponta, sem encontrar ninguém; é que os cinco que restamos não temos nenhuma vontade de nos apresentar ante prováveis guias e visitantes.

Os sobreviventes da cidade confirmamos nossa disposição para o isolamento, refugiando-nos sempre em lugares diferentes, mas à boa distância entre nós, separados por quadras e quadras de casas vazias. Depois de encontrar-me com meus companheiros de resistência, fujo deles durante vários dias; busco os edifícios da aduana e a igreja, nos quais eles não se aventuram; percorro suas instalações vazias, assombrosamente parecidas entre si, talvez por serem do mesmo construtor e haverem utilizado idênticos esquemas e medidas. Ao cabo de uns dias, volta-me, inesperada e inexplicavelmente, o desejo de encontrar-me com os quatro seres de caras manchadas.

Quando aceitamos ficar frente a frente, não nos transmitimos nenhuma informação nem arrazoado útil. O que eles me dizem soa-me como pronunciado em outra língua. Minha intervenção, que sempre é verdadeira, tampouco chega a cumprir essa exigência que teria que ser básica, tendo em conta nossa situação, porque não lhes importa a realidade dos acontecimentos. Deixei registrada, fielmente, a história da cidade, e agora contarei as consequências psicológicas que provocaram em nós.

Não será fácil para ninguém entender o comportamento dos que viveram os últimos meses sem a consciência de que, com eles, acabava a população. Não quero com isso que se imagine heroísmo em nós, últimos habitantes obstinados. Não o temos; somente um terror demente diante da morte, que nos leva a viver com a mão apertando o peito. Mas a crise logo passa, pois parece que a cidade sempre foi esta ruína. Não há temor, só um sentimento de que não vale a pena ir a nenhuma parte.

A cidade foi caindo como caixas de papelão depois de longa noite de chuva. Poucos edifícios suportaram a chuvinha colorida, viscosa, mesclada com as radiações que ninguém explicou, nem sequer quando se viu que nos iam matando a ritmo cada vez mais acelerado. Igualmente inexplicável é a sobrevivência de nós cinco, pobres espantalhos.

Cada manhã, ao despertarmos, perdíamos algo novo: a eletricidade, a água nas torneiras, o telefone, o governo, os comércios, e sobretudo os meios de comunicação. Passamos por etapas de selvageria, disputando a comida que se apanhava nos mercados e se deixava na rua. Impossível fazer a conta dos que conseguiram ir embora e dos que morreram com a peste, e dos que se mataram disputando alguma coisa entre si.

No começo, tinha graça encontrar uma chave em uma casa vazia e localizar o carro para sair e percorrer ruas, até que acabasse o combustível. Levava mentalmente o mapa das novas rupturas de canos, dos escombros, conquanto as casas e os bairros perdiam sua identidade, tomados pelo mato e arbustos secos. Depois, já nenhum achado manteve sua atração. De forma parecida, os dias perderam seu número e arrastaram as semanas e os meses na derrocada. Só pareciam claras as diferenças entre os dias curtos e frios e os longos e quentes.

Ainda que pareça chamativo para quem nos encontre neste estado, reconhecemo-nos por nomes. Não sei se os outros inventaram os seus, como as histórias que contam. O meu, Felipe, é verdadeiro; eles são Antealto, Romeo, Etchepare e Ondina. De vez em quando, como eu disse, nos empenhamos em intercambiar sons articulados.

Em princípio, pensei que só Ondina tinha inclinação para a ficção. A ideia veio-me quando percebi que passava muito tempo sem levantar a cabeça, esgaravatando o chão com um pauzinho que parecia um lápis. "Felipe", dizia-me, quando se dava conta de que a estava olhando. E nada mais.

Começamos a reunir-nos sem outro propósito que o de estar parados um diante do outro, simplesmente controlando o estado em que nos mantínhamos. Viver mais que os outros parecia o mesmo que acalentar uma espécie de eternidade. Dos cinco, ninguém parecia disposto a ceder .

Reafirmo minha crença nos dados constatáveis e nos fatos como se passaram, em meio aos elaborados delírios que ouço. A realidade impõe-se, e os dias com algum colorido apagam-se facilmente. Minha missão é salvar as lembranças, mas meus companheiros consideram-me um inventor de acontecimentos.

Terão esquecido, deveras — menos Etchepare, suspeito —,

a história recente? Encontramo-nos para olharmos as caras uns dos outros e comprovar a marcha do desgaste sobre nós. As palavras ouvidas não são esperadas nem se apressam por sair, simplesmente acatamos velhas fórmulas e, nesse pequeno tempo de luz ao meio dia, perguntamo-nos *como anda a coisa?* Esta pergunta é a deixa para que o outro enverede pelo caminho de uma narração de sucessos, de uma tal normalidade aparente que parece que a família inteira o despachou em uma missão e espera.

Eles falam como se tivessem o compromisso de levantar histórias sonâmbulas. Antes de começar, cada um aprova — menos Etchepare — o que acaba de ouvir. O tempo parece controlado; o meu, nunca ocupo em relatos arbitrários, mas trazendo ali, no meio da rua, o que os outros pretendem ignorar. Um dia se construirá a verdadeira história com as minhas palavras.

Por que nós cinco, e desde tanto tempo? Eu vivo por minha teimosia e constância, até o final dos acontecimentos. Este invento de destruição, que deve ser único no catálogo das aberrações humanas, merece um historiador que conte de dentro, mas olhando de fora. Assim não prevalecerá a preparada versão que darão aos turistas quando habilitem a ruína moderna. Os quatro delirantes vivem porque estão dentro de suas próprias ficções, mas, ponto a ponto, seus relatos estão carregados de dinamite contra eles mesmos.

Parados em pé, porque não vale a pena sentar-se para os que demonstramos sempre estar apurados, damo-nos as condolências, as felicitações, o ânimo, como se fosse a corda necessária para que siga girando um carrossel de fantasmas. Falamos com os olhos vazios. Se não damos demonstrações de assombro, enquanto o outro anda com seu delírio sobre os ombros (ou a língua), dá a impressão de que tudo vá cair como um monumento ao qual se subtrai o pedestal. O que abunda na cidade são monumentos, um por quadra, e sem que saibamos o nome do representado, porque a ferrugem penetrou nas placas de identificação. *A Comissão de Exploração das Ruínas* lhes dará depois os nomes que quiser. Uma organização perfeita de uma cidade desaparecida. Como não pode ter Pompeia.

***

Antealto inventa-as para falar primeiro. Seu assunto parece urgente. É como se tivesse que zarpar de um momento a outro. Estende a mão e dá uns passos para improvisar um molhe imaginário onde apresentará os acontecimentos. Depois caminha ao longo dele, falando como se fosse a marinheiros. Olha o horizonte como se esperasse uma aparição. O detalhe está em quem nunca diz o que se espera. Em lugar de mar, os vetustos barcos estão amarrados a um piso de pedra. Os marinheiros percorrem o lugar apressadamente, como se soassem sirenes anunciando que estão por zarpar os barcos.

Antealto repete a imagem de porto em movimento, até que lhe perguntem a cor do uniforme dos marinheiros. Levanta os olhos e os braços: *Ah, azuis, azuis com tiras brancas.* E eu cerro o punho no ar, afirmando *que assim tinha de ser.*

Os marinheiros de Antealto nunca mancham os uniformes com outra coisa que não seja sangue. E não sabem escutar ninguém, somente repetir as aventuras que leram na Escola Naval. O inimigo natural de seus marinheiros é o contra-almirante da Força Aérea, homem alto, de rosto de cão, mechas amarelas descoloridas, com uma profissão de ódio mortal aos marinheiros. *Morram os selvagens marinheiros*, narra Antealto entre explosões de bomba, com mefistofélica gargalhada que ecoa nos barcos e no molhe. Antealto chega ao clímax relatando ações de sacrifício em uma cidade que tem o nome da nossa, sai pelo rio e conquista a outras, ao longo do Rio Uruguai e do Rio da Prata. Essa cidade anexa tantas terras que não as pode governar. E por isso perde-as, fazendo-se necessária conquistá-las mais uma vez. Antealto termina com uma rebelião geral de todas as cidades. As lágrimas inundam-lhes os olhos. E tira do bolso uma foto onde aparece um rapaz com uniforme de marinheiro, que diz ser ele.

Eu, claro, não posso me esquecer que Antealto, segundo seus irmãos, os primeiros a partir quando começou a chuvinha, não foi admitido na *Escola Naval* por sua baixa estatura. Há vezes em que dá vontade de lembrar disso quando Antealto está no meio de uma batalha, à qual se vai juntando, como novas dragonas, alternativas que não poderiam ocorrer senão aos leitores de Superman. Mas devo dar fé que, indefectivelmente, o mesmo termina com barcos travados uns aos outros, sem poder sair do porto. Os marinheiros saltam sobre as pontes de tábuas que unem os barcos. Enquanto estamos juntos, fala como um repousado, e fazendo pausas que assinala com o indicador, como se estivesse anotando no caderno da bitácula. Quando nos afastamos e já não nos vemos, sentimos seu grito lastimoso, empenhado em reproduzir uma sirene de barco.

***

Acompanha-o a pura vanglória de Romeo. Seguramente, Romeo nem sequer dissimula seu desinteresse quando os demais falamos, mas há que escutá-lo como se pudesse interessar-nos sua interminável ronda de amantes. Dá tapas, cotoveladas, agarra os ombros e repete os nomes das mulheres: *Marlene*, *Isa*, *Esther*, mudando a voz e movendo os olhos. *Entrei em muitas casas, saltei por muitas sacadas, sempre em direção aos abraços sôfregos e às bocas insatisfeitas. Posso dizer que nadava, submergia-me nas mulheres e saía triunfante, como se estivesse em uma piscina e me empurrasse com as pernas de um fundo próximo, com os olhos bem abertos, para tomar ar. Cada uma acreditava que era a única. Ah! Recordar seus nomes e não magoá-las, equivocando-me, quando as chamava.*

As personagens de Romeo são mulheres, jovens ou maduras, morenas ou loiras, gordas ou magras, solteiras ou casadas, que dão a impressão de viver em um mundo de homens impotentes. *Lembra-me aquela Sarita, que entregava a seu marido uma irmã para entretê-lo, e assim ela pudesse vir passar umas horas comigo.* Nesse caso, era a única vez que Romeo não contava o nome do marido; nos outros, andava com um punhado de fotos, as quais disse que lhe foram presenteadas para que as recordasse. E repetia nomes, mostrava fotos, pondo ênfase nos detalhes dos encontros em casas e motéis. Não conheceu, parece, outra ocupação, senão a de satisfazer mulheres.

Só eu sei a força que fazia para que Romeo confessasse um fracasso em algum momento; ou que os marinheiros de Antealto se metessem na cama e pronunciassem o nome de Romeo sob risadas. Ainda que estivesse seguro de que as personagens não iam trair seu autor, ficava escutando sua invenção porque me possibilitava lembrar de algo que ruía na memória como os edifícios: as formas das mulheres. Romeo acabava dizendo que se lhe tivesse sido permitido, fecundava todas as mulheres da cidade "em idade de merecer" e nos tivéssemos salvado. *Mas as que foram minhas eram inférteis*, concluía, pousando os olhos em Ondina.

Se eu quisesse, podia desdenhar também esta última mentira de Romeo porque, na verdade, era ele quem não podia ter filhos. Tão mentira como o puro delírio marinheiro de Antealto. Mas teria que falar de minhas aventuras amorosas, e não se trata disso, porque não interessam, neste caso, os destinos individuais.

***

Quando cada um de nós falava, Ondina olhava-o com olhos arregalados. Mas era uma preocupação fingida, para que depois respeitássemos seu silêncio. *Escutem o que lhes quero con-*

tar, anunciava. Então os quatro a rodeávamos, e ela nos mirava e baixava a cabeça, com as mãos movendo-se lenta e circularmente no ar ao redor do corpo.

Quando levantava a cabeça e voltava a olhar-nos, parecia, pela expressão de seus olhos, que havia passado muito tempo, e que, na realidade, havia falado. Não demonstrávamos paixão ou aproximação obcecada, mas eu lhe dava uns prudentes e sentidos suspiros a intervalos regulares de seu silêncio, imaginando que ela os valorizava.

Ondina movia as mãos como se penteasse o vento. Não havia personagem que se pudesse meter em seu mundo, nem marinheiros que o percorressem aos gritos, nem mulheres ansiosas esperando um visitante furtivo. Tampouco o ruído de seu próprio lápis imaginário sobre o caderno aberto. Penso que não havia morrido em Ondina a capacidade de imaginar, mas que estava completamente invadida pela memória e era incapaz de esquecimento. Sempre sangrava em uma parte de seu corpo. Ao aproximar-me, descobria os cortes que fazia nos próprios braços, nas pernas, no peito. É para acordar-me, explicava. Talvez tivesse tão maciços os acontecimentos que não sabia por onde começar. Desde que comecei estas anotações, soube que não poderia salvar a omissão de não dizer se Ondina havia tido familiares e em que ocupações e preocupações tinha transcorrido sua vida.

***

Ondina era como a calmaria antes de um bombardeio. Eu falava depois dela. E tinha que fazê-lo continuamente interrompido por Etchepare. Quem poderia imaginar que tinha que aguentá-lo porque havia descoberto um segredo que eu não desejava que se divulgasse? Etchepare é o único manifestamente agressivo, a quem pouco importa criar seu mundo, ainda que imaginário, senão destruir o dos outros. Somente seu nome importa.

Tenho os conceitos bem ordenados quando falo. Cito documentos, digo datas exatas; preocupa-me deixar a exposição insuspeitável. Contudo, Etchepare interrompe-me, alinhava coisas tão desencontradas como os avisos das paredes, ou os nomes de produtos cuja existência já é impossível lembrar. Quer que eu me embaralhe e contradiga. É o único que me perturba. Não tem graça interromper Romeo e Antealto, porque eles são capazes de seguir para qualquer lado e lhes dá no mesmo uma palhaçada no meio. Determinada batalha ou caso amoroso é para eles, indistintamente, o número um ou o vinte.

Eu desenvolvo a história de forma que se possa apreciá-la como um mapa brilhante. Falo de atas de fundação, relaciono acordos bilaterais ou hemisféricos, ordeno a intra-história dos partidos políticos e dos povoados, e Etchepare faz-me um coro em falsete, como o de várias crianças que estivessem ensaiando para começar a falar. E quando recordo quando acabou a água potável e a contaminação fez da cidade um campo de guerra, Etchepare intercala chistes de quando havia homens e mulheres que se perseguiam para possuir-se. Quando reconstruo vividamente, como se o encontro se houvesse produzido esta manhã, e em minha casa, o acordo de dois países para terminar de aniquilar nossa cidade e vendê-la como ruína turística, afasta-se tagarelando: *Já sei todos os contos...* Parece-lhe que vem sempre como anel no dedo a ocorrência de qualquer coisa. E é dessas bobagens que se fazem suas intervenções.

Etchepare foi um artista que teve reconhecimento em nossa cidade, mas que nunca logrou que suas obras cruzassem o rio que nos separa do resto do país. Fazia alarde entre nós por suas vinculações e porque tinha a santa paciência e a desfaçatez de ouvir os noticiários jornalísticos das rádios e televisões. Quando restávamos poucos, pôs seu nome em uma rua. E agora, quando caminhamos só os cinco pela cidade, encontramos Rua Etchepare II e Etchepare III, Praça Etchepare, Escola e Parque Etchepare. Deve andar com pote de tinta e pincéis nos bolsos para batizar com seu nome tudo o que encontra pela frente.

Enquanto falo, Etchepare olha para cima ou pisca o olho. São esses os gestos que me fazem suspeitar de que acompanha minhas buscas e interpreta-as à sua maneira. E não tenho mais remédio, senão calar-me. Seu único discurso é a palhaçada: dança, ou melhor, move os braços e as mãos acompanhando palavras soltas. Quando falo em dinheiro, acompanha-me com a mímica de correr descompassado e ridiculamente, como se tivesse uma perna mais curtas que a outra. Concluo que quer lembrar-me as incursões que eu fazia nas casas dos que morriam, a buscar o que pudesse encontrar de valor ou importância. Às vezes, também agrega o gesto de passar uma navalha no pescoço. Tudo tão exagerado, como se quisesse comunicar-se com um público distante.

Eu havia percorrido a cidade dia a dia, é certo, com sacrifício, porque as casas dos que morriam iam ficando cada vez mais abandonadas. A cidade despovoava-se de forma acelerada, e não pude manter um resgate ordenado por zonas. Minha casa e as casas vizinhas que fui anexando ficaram tão cheias de coisas de valor que eu devia mudar-me para qualquer uma das vazias e próximas para ficar melhor acomodado. Não podia guiar-me a cobiça porque nada mais tinha o valor que antes lhe dávamos. Reunia e classificava objetos valiosos que haviam sido protagonistas e, por isso mesmo, culpáveis de nossa decadência. Entendo que cada elemento seja testemunha do que fomos. Eu era o único nômade de casas entre os sobreviventes, o que tinha a segurança de que depois todas as coisas se desordenariam para sempre, e os que viessem inaugurar-nos como ruína, iam dar a elas a ordem que quisessem.

Em meio às suas mímicas de bêbado, Etchepare repete a ocorrência em que os marinheiros e as mulheres envolvem-se em meus papéis como se fossem lençóis ou mortalhas. Olhamos-lhe os três. Ondina parece um reflexo de espelho embaçado em meio à neblina. As intervenções de Etchepare reduzem-se a uma mescla de coisas. E faz suas mímicas burlescas até quando transcorre o silêncio de Ondina. Somente adota a seriedade para dizer que sua família era ilustre, *das donas de todo o campo. Meu pai passeava dando rebencadas em quem bem entendesse, e uma vez até obrigou uns camponeses a comer seus próprios excrementos. Não os deixou descer de uma árvore aonde os havia feito subir com uma espingarda, até que os comessem.* E soltava uma gargalhada, que voltava a repetir quando eu me empenhava em retomar o relato do que nos está acontecendo. Faço-o, não porque veja que lhes importe, senão porque me serve como preparação para levá-lo à forma escrita.

***

Quando alguém encontrar o caminho até esta cidade, ou tirarem-na do nariz como estão planejando, quando já não saia de nós nenhum espectro de perigo, é bom que alguém saiba que existem comprovadas explicações do que passou. Que não se acredite nas lendas que possam inventar para fazer-nos mais interessantes e visitáveis. Os documentos estão nas casas mais altas e fechadas, de modo a protegê-los da água, caso rebentem os diques de contenção da represa do nosso rio.

Que ninguém acredite em enredos de marinheiros, mulheres, enfermidades contagiosas e suicídios. Somente os papéis importam e explicam com gráficos de saturação o que ocorreu nestas ruas, quando envenenaram a água e o ar com a chuva viscosa.

Passa um pouco do meio dia e resta, pois, um tempo infinito adiante. Dispersamo-nos os cinco em diferentes direções, penso que com a mesma máscara impressa na cara. Etchepare sai correndo, e poderá ser encontrado embevecido diante de qualquer dos cartazes que luzem seu nome.

O EDIFÍCIO EM UM SONHO

As duas mulheres pequenas e encurvadas tinham diante dos olhos algo bem diverso daquilo que havia movido suas pernas nos últimos dias. O edifício era o que buscavam: as altas paredes rematadas em torreões, prometendo proteção e esconderijo. Mas, em lugar de salvá-las, o edifício lançou-as ao solo, sem que pudessem crer no que viam.

O prostíbulo de Antonia era dos mais famosos no norte do país. Tinha o imprescindível toque de anonimato que dão os comerciantes em viagem, a renovação dos jovens que se iniciam e a continuidade dos veteranos que sabem desculpar sua assiduidade com o desejo de dividir uns tragos. Fazia anos que o bordel de Antonia tinha se convertido em algo assim como uma instituição da cidade.

E estas duas mulheres dobradas pelo tempo conheciam cada quarto desse edifício desde quando atendiam nele como "as moças". Havia passado muito tempo desde então, mas não necessitaram entrar para dar-se conta de que não encontrariam uma mulher de gorro branco impondo silêncio com um dedo sobre os lábios. Pareceu-lhes que voltava a música de outros anos entre os restos não escovados daquelas paredes decoradas com mulheres. As figuras moviam-se e, nessa manhã, voltaram à madrugada, quando os copos de vermute e gin começavam a balançar como uma lancha na cabeça.

Antonia morreu quando já fazia alguns anos que se havia retirado e se encarregava, há muito, da contabilidade do negócio. Teve um gesto nobre que não saiu nos diários, porque tudo o que se relacionava com ela parecia que devia ocorrer nas sombras, e foi que deixou o edifício como herança ao hospital, para que o destinasse a um asilo de velhos.

O hospital era a única visita que faziam regularmente durante o dia todos os meses. Conheceram-no desbordante de enfermos, mas quando elas chegavam sempre eram as primeiras a serem atendidas, porque a direção queria livrar-se do espetáculo de sua presença. Depois, uma delas conseguia levantar o resultado dos exames de gonorreia e sífilis. O resultado era tranquilizador apenas em um sentido, porque ainda que tivessem o carnê em dia, não se safavam das inspeções escorchantes.

Nenhuma das outras mulheres, como Antonia, em idade de avós, mas sem netos nem filhos, era capaz de continuar a organização. A dona disse, em uma noite interminável: *um dia tudo isto acabará. Com a minha morte, fecharão as portas deste local. Mas um fechamento até que tudo mude e vocês voltem a este lugar, já transformado em asilo. Para vocês, outras como vocês, e talvez muitos dos que foram clientes.*

As duas velhas companheiras haviam voltado à cidade depois de alguns anos. Aproximaram-se do edifício onde haviam vivido e trabalhado. Demoraram a reconhecê-lo. Primeiro, porque esperavam uma fachada como a do hospital; depois, pela deterioração.

As duas mulheres voltaram pensando que Antonia lhes havia encaminhado a um lugar de lençóis limpos, mas, em seu lugar, viam um edifício sem teto no segundo piso, sem portas nem janelas, com um batalhão de guris assomando pelos buracos. O velho edifício, que permanecia fechado durante o dia e iluminava-se de noite, manava agora meninos seminus. Elas não chegaram a pensar nesta ironia da procriação, ainda que experimentassem uma desconhecida forma de tristeza.

Em suas memórias, Dona Antonia as despedia em uma poltrona. Mas lhes dizia que iam ter um lugar, porque havia anotado seus nomes na doação que tinha feito ao hospital. Havia reservado para o final esta mentira? Ou não havia interessado ao hospital a instalação de um asilo de velhos, e haviam deixado vir abaixo o edifício?

As paredes não têm aquela mulher de gorro branco e o silêncio nos lábios que elas haviam imaginado. Os tetos parecem vasos para o mais variado mostruário de plantas. As duas companheiras volveram sem dizer palavra e se encaminharam para a cidade, buscando um asilo em um edifício limpo, lá longe, para o lado do rio, onde se ocultava o sol. Não pensavam em uma música misturada com risadas e tilintar de copos.

O ASSALTO

Há anos vivo nesta rua, que agora se converteu na dos espelhos quebrados. Faz uns meses que alguém se ocupa em andar jogando espelhos nela. São tantos que se pode pensar que qualquer coisa que toca a rua converte-se em espelho. Nos cantos dos saguões há rostos que me olham; as janelas são uma moldura de caras encimadas; em cada porta, estou parada, como fui em muitos anos. Estou de corpo inteiro ou somente com meus olhos nos reflexos à espreita nas paredes. É perigoso sair à rua, porque alguém se vê como em cada ponto do espaço o devem ver. Durante muito tempo, como forma de proteção, assomava-me apenas nos postigos semicerrados da janela. Meus olhos percorriam a rua com o mesmo medo.

Acostumei-me a não sair de casa, porque o rancor de meu marido não havia chegado ao ponto de não me trazer comida. Ainda que tampouco a casa garantia uma segurança completa, depois que os espelhos começaram a entrar em meus sonhos.

Esqueci as encomendas ao armazém, as visitas de onde voltava com uma coleção de chacotas, e a minhas irmãs, tão severas e santarronas. Encerrei-me, mas soltava o Comissário todas as manhãs, antes que houvesse muito trânsito. Era um canzarrão, impossível de manter dentro do pátio, de paredes tão altas que quase não permitia a entrada do sol. Às vezes, parecia-me grande como um lobo sobre o horizonte. E ele dava uma volta curta pela vereda e voltava somo se o chamasse. Talvez não recordasse o dia anterior e tivesse medo de perder-se, como se fosse a primeira vez.

Uma manhã, descobri um monte de sacolas plásticas sobre o gramado em frente de casa, a maior parte arrebentadas, vomitando fraldas de bebê, que manchavam o gramado com um branco sujo. A partir de então, repetiu-se o fato uma e outra vez, e compreendi que era meu cão que fazia aquilo. Não podia gritar-lhe nem castigá-lo muito, porque a rua, além de espelhos, também estava cheia de janelas.

No quarteirão não há nenhum bebê. E tampouco alguma mulher em idade de tê-lo. São todas umas velhas língua solta. Há somente uma, pequenina, que não vejo há tempos, e que se preparava para festejar seus quinze anos. Mas teve hepatite e não houve festa, dizem.

Hoje saí a caminho. Disparou-se um ruído que me fez olhar para a casa da esquina. Acreditei perceber um conhecido que entreparava, olhando-me compreensivamente. A rua estava, como sempre, cheia de espelhos partidos. Em algum espelho, que me segue como sombra, está detido e marcado aquele momento em que falamos com meu marido do que íamos fazer. Decidimos com poucas palavras, e nunca mais tocamos no assunto. O médico foi muito eficaz, e o fizemos sem que ninguém percebesse. Voltamos para casa em um carro de aluguel, de mãos dadas. Foi, creio, das últimas vezes que saímos juntos. Ele deve ter se esquecido. Hoje, depois de muito tempo vivendo sozinha, caminhei uns poucos passos pela vereda e decidi recolher-me para sempre.

Muitos cachorros desconhecidos aparecem, diligentes trazendo novas sacolas com fraldas. Nada mais que uma boca com dentes e as fraldas gotejando uma espécie de baba de raiva. Refugio-me no fundo da casa, mas também não posso caminhar sem pisar fraldas. Os cães que as trazem descobrem--me, acuada entre os muros. Avançam em matilha. Estou em todos os espelhos, com uma barriga de vários meses.

SINOS

Quero viver na igreja, nesta desabitada, porém em pé. Qualquer um pode pensar que meu amor pelo padre não tinha outra maneira de acabar, ou pode fazer uma interpretação malsã de que tenho saudades de percorrer a fileira de quartos dos padres, deitando-me em uma cama diferente a cada dia, como Branca de Neve nas camas dos anões, e receber impunemente os sonhos e pensamentos de seus ocupantes. Não me atrai tampouco a ímpia aventura de fazer o desjejum no altar e vir depois sentar-me nos bancos como se nada tivesse acontecido, a escutar os sermões que ficaram ressoando. Porque dizem que ressoam, desde o dia seguinte em que não mais se pronunciou nenhum, todos os sermões desta igreja, desde a época da Independência.

Não. A verdade está bem distante. Nem atração de sexo nem de igreja, mas de sentido da vida, que sempre me prometeram quando a igreja estava viva e com frequentadores, e me mandavam fazer terapia porque eu sentia que estava vazia e queriam quebrar-me, absolutamente sozinha, surda e muda. Vivo, desde pequena, na praça, ouvindo as badaladas das horas durante todo o dia, a maior parte do tempo nem sequer ouvindo-as, de tão acostumada que estava com o seu som. Não posso deixar de olhar meu relógio cada vez que ouço as badaladas. E de controlar também o de pêndulo que temos no refeitório de casa, sem saber dizer por que me parece importante descobrir alguma diferença entre eles.

Quero viver em uma igreja para saber o que é ter sino próprio. Atrás da igreja deve haver jardins cheios de aranhas e formigas. Assim, eu fecharia a porta dos fundos, e, com a luz entrando pelas janelas hexagonais, me dedicaria a vasculhar os arquivos de batismos e casamentos. A cidade aí deve estar inteira, muito melhor que em uma foto, nessas páginas de nomes e datas. Quando encontrar relações entre os nomes e datas com a personalidade, ou o destino dessas pessoas, tocarei os sinos. Começarei a dar uma harmonia de badaladas à cidade. As correspondências estão aí desde sempre, ainda que ninguém as tenha marcado. Se alguma vez tivesse tido em conta algo parecido com isso, e o tivesse manifestado com badaladas, talvez não tivéssemos esta cidade desaparecendo entre espinhosos arbustos.

OLHOS DE GALO

Deveríamos haver tomado algum vinho parecido com sangue de rinha para brindar o reencontro. Uma taça borbulhante e vermelha. Dessa forma, teríamos rubricado o dia, antes que terminasse como algo perfeitamente ordenado, e não como resultado da paixão.

Estávamos em tua casa, e te movias como galo dentro da gaiola. Não conhecia esses teus ademanes, que iam para um lado diverso de tuas palavras.

Pensei, enquanto passeavas com a jarra de água, insistindo para que eu bebesse, que os olhos dos galos não são feitos para olhar, mas para esquivar-se, penetrar e durar; os olhos dos galos são de pedra. Três copos de água me serviste e ficaste esperando que os tomasse. Mas tu não o fizeste.

Os teus olhos não me olhavam; os meus, então, podiam acompanhar tuas mãos, enquanto faziam estranhas viagens. Havíamos postergado este momento até onde nos foi possível. Completavam dois meses da morte de nosso pai, e nem uma só vez havíamos nos encontrado, vivendo os dois nesta cidade onde todos somos vizinhos.

Os galos não se enamoram, montam; não matam, desarticulam; não comem, engolem. Havíamos crescido rodeados de galos, e algo de sua inconsciência cega por viver nos havia contagiado. Nosso pai criava galos de rinha mais por vocação que por negócio. E aí estavas, saltitando de teu quarto à cozinha onde eu me achava sentado, gabando tua notável relevância social desde que passaste a ser doutor. Ouvi-te quieto, bem quieto, com a paciência que me havia proposto desde o dia que marcamos para a partilha.

Mas não me havia passado pela cabeça que te apresentarias com uma revelação tão estapafúrdia: nada havia para repartir — nosso pai assim havia disposto —, em agradecimento por teres levantado o nome da família a alturas não registradas por nenhum de nossos antepassados, e muito menos por aqueles que a haviam desonrado. Meu caso, de sapateiro — inafastável sombra do nome —, ficava gravado entre a tua entonação e o teu sorriso. Quando te recordei que havia coisas indivisíveis que devíamos vender, sorriste largamente e me fizeste saber que me correspondiam os vasilhames de cozinha, composta de pratos e panelas desconjuntadas, *porque me faziam falta*, e alguns amuletos da sorte, *que tampouco devia desprezar.* Destinavas-me também algumas fotografias de pessoas que não conhecemos, e que nosso pai gostava de trazer sobre os aparadores, como se instalasse com elas a unidade da família. *Lembra-te, querido — concluiu meu irmão, com a afetação que havia adquirido em sua época de estudante —, que eu ensaiava meus conhecimentos de advocacia com os documentos de nosso pai. E que ele assinava o que eu punha diante dele.*

A lâmina de cortar coro que eu havia levado, amarrada com um elástico na perna esquerda, entrou bem no meio do seu peito, justo no momento em que um sorriso aprovava quão hábil havia sido a tua exposição. Depois do meu aço, teus olhos ficaram sem olhar, arregalados, vidrados, como olhos de galo.

A VIDA DETRÁS DA VIDRAÇA

O rádio informava sobre um acidente no cruzamento entre a Rua Artigas e a via férrea. Não havia semáforo nem barreiras onde uma caminhonete havia sido atropelada pelo trem de carga que passava, como sempre, desde que haviam terminado os de passageiros, sem dia nem horário fixo. Morte de três ocupantes. O acontecimento era rotineiro em si, mas a novidade sempre eram os nomes. E resultaram tão desconhecidos como se fossem de outra cidade.

Voltou ao jornal para repassar as leituras do dia anterior sobre um capotamento e duas colisões; total: quatro mortos e dois feridos. Releu cuidadosamente os nomes. Apenas um conhecido, e apenas vagamente familiar.

Recordou quando soube, há alguns anos, que o vizinho da frente havia caído do terceiro andar. Parecia que ia transbordar de satisfação, tocado pelo desejo de visitar, em irrepreensível carro de luto, uma dessas casas que era a primeira coisa que chamava sua atenção quando contemplava a rua. (Ele não sabia tanto de sua própria casa quanto aquelas três ou quatro vizinhas da frente que pareciam mostrar-lhe a língua). Mas sobreveio-lhe, em seguida, o longo instante de raiva e desilusão, quando soube que a emergência do hospital tinha constatado que o vizinho havia saído milagrosamente ileso. A vítima, que havia sido levada em ambulância, voltou em dois dias pelas próprias pernas.

Os diários aboliram a coluna necrológica, e a notícia mais importante para ele parecia ser justamente o fato de que, há um punhado de anos, ninguém morria em toda quadra. O rádio também era, por outro motivo, um centro de atenção escravizante. Asencio jogava religiosamente a *quiniela*,[2] cujo sorteio era transmitido ao meio dia, apontando os vinte números de maneira metódica e prolixa em um caderno. Não recordava nenhum prêmio maior que duplicar a aposta, e isso ele tomava como uma questão pessoal. Algum dia, sem dúvida, a probabilidade o favoreceria. Os cantores, os números, e até o globo se cansariam, e não teriam mais remédio que deixar sair seu número. Talvez se o azar se esquecesse de sua existência... Anotava seus sonhos e os que conseguia que lhe contassem, as datas de aniversário e mortes, as chapas de automóveis acidentados, os números dos féretros e dos jazigos. Mas nenhuma cabala dava-lhe resultado.

Asencio acomodou-se em sua poltrona junto à janela, onde à mesma hora, todos os dias, passavam as pessoas abraçadas a seus costumes, sua saúde e suas histórias. Não havia nada que comovesse, que fizesse saltar os horários e reunir-se o bairro inteiro em uma casa. Porque não havia nada como um velório para entrar com impecáveis escusas na intimidade das casas que se conhecem de memória por fora, mas cujo interior ignora-se por completo. Como as caras das pessoas são as casas. Se havia um morto, podia-se entrar pelos orifícios das caras.

Um programa de música típica e outro folclórico, informa-

---

[2] Jogo de loteria nacional uruguaia, no qual se aposta em determinados números para sorteio. (N. do T)

tivos e notas sociais. As horas passavam ao compasso do rádio. Três vezes por semana, o sorteio da *quiniela*. E isso há uns trinta anos, quando trabalhou pela primeira e última vez, saindo da quadra e do bairro com o passo decidido e seguro, como o que seguem utilizando alguns de seus conhecidos de então.

Asencio recordou o tom imperativo e acusador de uma voz repugnantemente familiar: *E o Senhor, não teria uma úlcera perfurada?* Ele contou sobre o tratamento eficaz, e o vizinho abaixou a cabeça, derrotado. Não era somente ele, então: todo mundo esperava que o outro morresse. Não por ódio, deve entender-se. É para que o trabalho e o ritmo conhecido suspendam-se e se possa distinguir uma perspectiva diferente; para que se abra uma janela, para que se possa seguir sentindo a vida. A morte é um aprofundamento do sentido da existência, uma fresta para uma dimensão desconhecida. Outros dirão o que quiserem, repetindo livros. Asencio pensa por si, e não se reconhece pior que ninguém. Nem tampouco se julgava um caso de estudo pela expectativa da notícia de mortos conhecidos. Ele não desejava a morte de ninguém em particular. Apenas conhecer os que morriam.

A *quiniela* nunca é suspensa, e sempre alguém ganha em algum lugar. Somente ele permanece com suas apostas inúteis. Mas terá que chegar o dia em que morra um e outro com poucas horas de intervalo, na mesma quadra, e então saiam os números das idades e dos aniversários; não pode estar longe o dia em que se cante o número de porta na qual ocorreram acidentes, ou as placas dos automóveis acidentados, sem ter que andar descontando cifras. Asencio estará preparado para falar, manifestamente alarmado e com ares importantes, do par de tragédias e suas coincidências numéricas.

Passaram demasiados anos sem que morresse alguém no bairro. Já perdeu a conta. Asencio imaginou poder sair uma vez de sua poltrona e iniciar averiguações pacientes sobre o estado de saúde daqueles que, necessariamente, tinham que estar jogando os descontos da vida. Velhos que contavam os passos lentos, insuficientes; o inconcebível operado, que levava adiante de seus braços um carrinho de bebê para nele ir se apoiando: todos o recebiam e saudavam-no em meio a uma tarefa com a qual estavam entusiasmados, com a mesma rapidez desses menininhos que atravessam correndo entre os carros e sempre rompem do outro lado. Anos e anos acompanhando enfermidades, contando os quebrantos, para, afinal, constatar que todos seguem aí, como se nada tivesse acontecido, sem aparecer nenhuma compungida condolência no jornal ou no rádio.

Asencio acalentava a ideia de ajudar para que o destino se precipitasse, para que as vidas atrás da vidraça não continuassem indefinidamente, em eterna sesta, sem nenhuma alternativa, sem participar dos necrológios. Fazer circular um vinho envenenado. Todos o tomariam com grande confiança, e a polícia não investigaria sua implicação porque os familiares dos escolhidos não suspeitariam. Ele sempre recebia com vinho. Anos sem que ninguém o ajudasse com as uvas, nem comprando, nem pisando, nem envasando, somente pedindo que lhes desse uma garrafa para provar. Passava as noites inteiras desperto, sentado junto à vidraça da janela. Não só por uma questão de obstinação, mas simplesmente porque agora a cama tinha seus próprios terrores. As coisas aconteciam como repicando na memória, e dava a sensação de que as vinha empurrando de longe. Na madrugada, alguns cavadores que acreditava mortos apareciam com seus mesmos carros, seus cães e seu olhar ausente.

Tampouco nenhum dos conhecidos da noite morria.

O mundo ao meu lado não morre, concluiu. *Eu teria que ser o homem que sempre estivesse ao meu lado.*

O tempo parecia morder o próprio rabo. As casas e os pedaços de rua girantes diante da janela, como quando o vento levantava pó e redemoinhos, e diz-se que o diabo anda balançando a cauda pela rua. Em outra vertente de possibilidades, resolvia-se pelo fogo. Derramaria nafta em vários carros, e o faria deixando o cilindro diante dos saguões, de maneira que as casas também fossem afetadas.

Rodavam os dias como bolinhas do globo. Por mais que pusesse atenção em todo tipo de especulações, não ocorria nada que rompesse a ordem de cada vizinho em seu horário, em suas roupas e sobre suas pernas.

Os sonhos e as maquinações têm pernas curtas, e restava-lhe esperar sem desesperar-se, em meio a esse tempo eterno, em que os conhecidos passavam como em um caleidoscópio, ágeis como pardais, até mesmo os coxos. Não podia senão consolar-se com o pensamento de assistir a múltiplos velórios que se acumularam, e ele assistindo um momento a cada um, e quando atenuava o impacto no já conhecido, trasladava-se para o que estivesse no auge de seus prantos.

Porém, de passagem, não era demais pedir que os que morressem fossem os antipáticos. A morte podia ser a justiceira. Um por um caindo sob o olhar chispante de Asencio. Os dias eram apenas um piscar de olhos. A vida apresentava-se pequena, de poucos acontecimentos, como um pião, um redemoinho implacável de água turbulenta. Os programas de rádio repetindo os mesmos temas; a voz dos locutores com suas entonações previsíveis. E os vizinhos esquecendo-se de que ele estava atrás do vidro da janela, para sequer deter-se, saudá-lo e dedicar-lhe um aceno de reconhecimento.

No almanaque com a figura de um cão orelhudo sobre o capô de um automóvel reluzente, aparece manchado o ano e borrados os nomes vermelhos dos que aniversariavam, familiares e vizinhos. O almanaque servia para apostar a data dos aniversários. Se um conhecido ganhasse um prêmio, ele também ganharia.

Há um punhado de anos, não muito distantes, festejavam no bairro os aniversários, e os momentos de reunião chegavam de surpresa: esta noite, fazemos algo e te esperamos. Os aniversários da meninada e os aniversários de casados eram como um vendaval no verão. Não se pensava então na morte; alterava-se de outra forma a ordem e a monotonia dos dias. Esperavam-se as festas, e não os velórios. Agora, os conhecidos seguiam vivendo, ainda que suas presenças se diluíssem como os nomes e as linhas do almanaque.

A morte deve ter um almanaque como este meu, derrotado pela umidade, e por isso perdeu o endereço e os nomes da região. Não pode chegar nunca. Assim como se perdeu meu número bem calculado no globo. Alguém o tirou para que não ganhasse jamais. E se ninguém morre, eu posso fazê-lo para que vejam que creio na comoção do tempo, no poder majestoso de um veneno, na união de todos os conhecidos conversando ao mesmo tempo sobre o mesmo tema, como se de verdade o quisessem.

Vejo, da calçada da frente, que entro em casas arrastado por uma infinidade de enlutados. A quadra inteira abriu a boca para deixar escapar um uníssono suspiro. Vejo os rostos dos mortos conhecidos; vejo uns sobreviventes abraçando-se; vejo os avisos necrológicos nos diários. Mas, imediatamente, todos se inclinam e comentam minha morte. Parado entre eles, escuto-os. O bairro cruza, a passo de desfile, com uma luz alaranjada. Há vozes e gestos de contrariedade quando saem atropeladamente de distintas portas onde estavam equivocados e vêm em direção à porta de minha casa. As pessoas cruzam a rua cerimoniosamente.

Meu corpo está imóvel na poltrona, junto à vidraça. E sonha que levanta as mãos para despedir-se de todos. O caderno da quiniela, *aberto, com o vento passando suas folhas, está cheio de resultados anotados uns sobre os outros; o rádio começou a contar novos prêmios, com números dolorosamente estranhos, como se fossem de outro idio-*

ma. Somente entendo, com certeza, que apostei os números que não vão sair. Em meio a uma vertigem de números, de posições e prêmios, o rádio diz meu nome.

VIAGEIRAS

Junto a nós vai uma pomba: à distância, uma árvore promete sua sombra. Caminha, pois, sem temores. Temos sido eleitas para estas viagens. Cumprimos a órbita necessária. Estes são os únicos cavalos que não se desprestigiam porque neles vão duas mulheres sozinhas.

Nos mistérios de Mitra, está escrito: "Sou uma estrela que caminha contigo e brilha desde as profundezas". À nossa passagem, fazemos surgir a vida. Não podemos falar de nosso destino, e tampouco deixar-nos ver por desconhecidos.

A luz deve surpreender-nos murmurando versículos. Temos que purificar a noite.

Perdi a conta dos filhos que tive, e não voltei a vê-los, nem aos seus pais tampouco. Não vou te negar que, às vezes, quando entro em um povoado e algum menino ou rapazinho cruza correndo os jardins, ou sai de um palácio, não sinta desejos incontidos de abraçá-lo.

Deves acariciar teu filho e dizer-lhe o que queiras enquanto está em teu ventre. Não te ponhas assim; não é algo triste. Há mulheres que se encarregarão de cuidá-lo. Compete-nos somente o trabalho sagrado. E não nos devemos distrair.

Esta viagem resulta-te penosa porque não estás acostumada, é para que, de um povoado a outro, desapareça nossa memória. *Já não mais estão aqui aquelas mulheres que guardavam um filho do sol.* E em outro: *Chegaram umas mulheres que trazem um filho do sol.* E nossas caras perdem-se no caminho, juntamente com nossos nomes.

Esse homem de que falas não é um malvado nem está a serviço das trevas. Nós somos uma peça de luz; não podemos ver os homens nem os filhos, não vemos nada que está adiante. Mas não fazemos o vulgar, como as mulheres destinadas aos prazeres e trabalhos. Ninguém escolhe o destino, nem a cor ou a cara de seus filhos.

Tua juventude te garante muito tempo rodeada de respeito. A mim, se no próximo encontro com um pai não merecer um filho, chegará a hora de internar-me e desaparecer no deserto.

QUARENTA ANOS

Estou em meio à escuridão, os pisos moles e as formas ocas que bamboleiam no ar. Há anos, venho pensando no que será não ter mais filhos. Acostumei-me com as obrigações, as reclamações, os horários quando são pequenos, que fazem esquecer o temor da morte. Agora, já não poderei ter essa salvação irrepreensível. Quando tive o primeiro filho, depois da longa agonia dos meses, em que cheguei a supor que meu corpo lhe formaria uma caixa, onde ficaria como um pacote, o entregaram-me nos braços, e dei-me conta de que era o melhor escudo contra a morte e que, enquanto ele chorava, apagavam-se com seu choro todos os pesadelos.

Meu trato com a morte vinha de longe. Mas já não necessitei deixar trabalhos pendentes para que a morte não me pudesse surpreender, porque seria criminosa e injusta. Ao tempo de um filho por ano, não necessitei deixar pistas de meus enganos, alguns papéis comprometedores de minha honestidade, para que, se a morte me alcançasse, fosse uma catástrofe para muitos, e ela não se atrevesse a tanto. E se o fizesse, bem, fôssemos vários os que caíssemos.

Depois do primeiro filho, encomendei outro rapidamente. E assim chegaram esses catorze que andam pelo mundo, para orgulho de seu pai, que acredita que elevam seu sobrenome, e consolam-me da solidão em que ele me deixa. Porque eu sempre tive uma solidão maior que suas ausências. Uma solidão que vinha de longe, vinha do meu quarto, separado por um pátio de estátuas do quarto de meus pais, vinha do sótão onde cumpria minhas penitências. Uma solidão que tive depois da forma de medo dos homens. Ensinaram-me que todos os medos iriam embora quando viesse o esposo. Que assim se tinha passado com as moças da minha idade. Tive esposo, mas os pesadelos não terminaram por ter alguém em minha cama. Comecei a ver a morte com a cara do homem que estava ao meu lado. A morte passou a ser homem. O morto. E iniciou-se a sequência de filhos. O morto não podia vir enquanto tivesse o ventre cheio. O morto teria que me levar sozinha. Até os filhos menores já caminham sozinhos pela calçada. Meu marido olha-me, sentado em uma cadeira distante. É capaz de empurrar-me para a boca do morto. Já não represento nada para ele. Não posso ter mais filhos. Dou-me conta que não posso deixar pendentes as coisas que antes deixava, porque nenhuma tem a importância que eu acreditava. Somente minha vida pode ficar surpresa mais adiante. E isso a ninguém importa.

BEM-TE-VIS

Ninguém da avenida de árvores secas pode fixar os olhos no peito ou nos braços avermelhados de Sebastián. Anda por aí dando lástima, não somente por seu corpo chagado, mas pela tragédia de sua vida. Sebastián é o resultado final de uma longa cadeia de temores e desgraças do povoado.

Nenhum vizinho esquece o dia do sorteio realizado entre os cinco homens dispostos a enfrentar as aves de mau agouro; nem tampouco quando eles mesmos os alertaram com gritos e maldições, enquanto a roda dentada da motocicleta avariada detinha-se com a flecha de papel entre os raios. Nesse instante, com a flecha de papel apontando-o, mudou o destino de Sebastián, como se houvessem cantado somente para ele os bem-te-vis.

Para o bairro "Sur", a questão dos bem-te-vis significava uma peste bíblica. Não tinha nada a ver com as corujas, que são bichos de má sorte para outros povos. Não, nenhuma superstição com as corujas no Sur, mas o canto dos bem-te-vis era como o chiado do carro da morte. O comando foi se formando para a missão de exterminar esses pássaros que cantavam sobre as casas com morto próximo. A questão parecia que se resolveria matando-os antes que voejassem sobre as muretas abrindo os bicos assassinos. Os pássaros apareciam como os responsáveis e não somente os anunciadores. Pôr-lhes comida envenenada, quebrar-lhes as asas a pedradas, matá-los a tiros, qualquer coisa considerava-se igualmente válida. E depois havia que levá-los para longe do povoado, para que não contaminassem a terra com seus corpos. Pensava-se que o melhor seria deixá-los na boca das tocas de gambás para que fizessem o serviço. Assim, assinalariam seu próprio lugar de morte com sua presença.

Nos bares do Sur articulou-se por muito tempo a guerra declarada aos bem-te-vis, que "marcavam" as casas, sem que se pudesse adivinhar o que levavam em conta: se a idade, saúde, comportamento dos habitantes, ou se os inspirava o puro capricho do voo, ou a cor das telhas. O certo é que, quando os pássaros vinham cantando como uma lança, detinham seus voos rasantes e circulares e passavam sobre as árvores das avenidas, pousando sobre um telhado — três, quatro deles e, em seguida, um bando — alguém dessa casa não amanhecia. Isto se comprovava com a resignação acumulada do que contavam os avós. Havia quem contava as mortes; outro, aparecia com histórias de bem-te-vis que acompanharam um regimento e pararam sobre a tenda do que cairia com a primeira bala da batalha. Alguém se lembrava até de renegar a plumagem dos bem-te-vis, como se tratasse da cor da maldição.

Os do Sur chegaram a formar a convicção de que, se desaparecessem os anunciadores, terminariam as mortes surpreendentes. Não era qualquer um que aceitava a missão de enfrentar a praga. Tinha-se medo de inimigos tão poderosos, e, por isso, elegeu-se o sorteio entre os voluntários. Sebastián tomou sua eleição como um privilégio. Era algo que não lhe apresentaria dificuldades, porque alardeava sua fama de boa pontaria, ainda que houvesse muito tempo que não a praticava.

Realizou-se a eleição entre os cinco voluntários, que permaneceram de cócoras pelo tempo em que girava a roda da moto. Era meio-dia, e os poucos que tinham algo a fazer detiveram-se no caminho de regresso às suas casas. Outros haviam acudido especialmente, e amontoavam-se como expectadores de uma corrida. Quando gritaram seu nome, Sebastián levantou-se com um sorriso ante a aprovação do grupo. Nessa mesma tarde, exibiu-se municiado com seu rifle, e esperou, caminhando como um sentinela sobre uma muralha, a ver se nesse dia vinham os bem-te-vis com sua sonora ostentação de poder.

Os vizinhos do bairro olhavam pelas janelas. Brilhava o último sol da tarde, e era a hora adequada para que o justiceiro começasse sua tarefa. Sebastián desfilava com passos solenes. O som de um disparo ecoou ao longo da rua. Sebastián estava defronte à sua casa e havia matado um em pleno voo. Viu-se que mirava o céu com os olhos semicerrados, perscrutando o lugar por onde podiam ressurgir. Quando fechou a escuridão, apareceu o bando, e Sebastián acertou outro, que também caiu como um torrão de terra sobre a rua. Já por essa noite, não voltaram os bem-te-vis. Os sinos da igreja soaram como agulhadas no silêncio da noite.

No entardecer do dia seguinte, a filha de Sebastián, que havia tido uns mal-estares de gripe leve nos dias anteriores, morreu justamente quando seu pai estava por voltar à guarda. Como médico, ele não sabe se desassistiu sua filha por cuidar dos bem-te-vis ou se esses dirigiram para ele a desgraça.

Sebastián deixou de dar consultas porque sente que não pode estar entre paredes e sob um teto. Escuta algum paciente pela rua, do jeito como anda, sem camisa e com as calças rotas. Dizem que se deita para dormir sobre o telhado de sua casa porque quer atrair os bem-te-vis. Deixou seu rifle jogado na rua para que os carros passassem sobre ele; ninguém se animou a recolhê-lo e guardá-lo em alguma casa. E os carros desviam-se dele, como de um buraco ou de uma pedra.

As mortes no bairro Sur continuam sendo anunciadas.

LINHAS DA MÃO

Ao sul da cidade estava o zoológico, e ao norte a casa de Aoristo. De ambos os lados ouviam-se, de noite, gemidos impossíveis. Durante muito tempo, não se soube qual enfermidade ou tortura dominava Aoristo, qual pesadelo, para ter esse grito doloroso como o dos leões.

Claro que tudo se relacionava com o assunto da adivinhação do futuro nas folhas das árvores. Ele olhava a palma da mão do consulente, memorizava o desenho das linhas, e depois subia em suas árvores. De nossa cidade, e talvez em maior número de cidades vizinhas, íamos à sua casa buscar o plano do futuro, mais certeiro que os prognósticos meteorológicos, bem distante dos desprestigiados horóscopos, as tiradas de cartas e a recitação baixinha das ciganas.

Animei-me a consultá-lo certa vez. Falei-lhe umas poucas palavras e, em seguida, o vi perder-se nos galhos mais finos, como se não tivesse peso para dobrá-las. Esteve um tempo invisível — seguramente tinha algo de camaleão na pele — e logo desceu suavemente, como se viesse ensaiando no ar os passos que, quando tocasse o chão, desenvolveria ao redor da árvore. Trazia na boca a folha da resposta, seguramente para mover-se melhor entre os galhos. Quando tocou o solo, olhou a folha e falou com muita tristeza. Como se não ter filhos lhe afetasse também.

Enquanto Aoristo estava em cima da árvore, tinha-se que deixar perto do tronco o que se havia levado. Quando os consulentes afastavam-se, ele recolhia as oferendas sem pressa, delicadamente, consistentes de moedas, em sua maior parte, mas também em anéis, colares e broches. Maldita a hora em que lhe deixei a corrente de ouro de meu pai, para que me dissesse que não ia ter um filho. Não me importava que se cumprisse a outra sequência de coisas. Abandonei a mulher com a qual vivia. Não me ocorreu que não ia tê-lo, ainda que mudasse. Repetiu-me apenas que não veria nenhuma criança com meu nome.

Claro que o conhecimento do futuro não dependia somente das árvores, únicas em seu gênero, e que todos asseguravam não terem visto outras iguais. Árvores cujos nomes não se conhecia, e que se destacavam como realmente estranhas, se olhadas de perto, com folhas que pareciam sempre translúcidas, como se tivessem uma luminosidade interna. Mas, antes de mais nada, tudo dependeria da sabedoria do dono, o leitor das folhas. Quando o apresentaram a mim, e enquanto ele olhava minha mão, disseram-me que recordasse que se lê pondo os olhos sobre um papel. Mas que se necessita saber ler.

A casa de Aoristo fica fora da cidade. Seu avô havia solicitado permissão à municipalidade para construir uma casa em um lugar não habilitado, que ficava entre a costeira e o rio. Não disse a razão, mas não poderia ser outra senão desfrutar da visão aberta até o rio. Boas recomendações políticas lhe permitiram a construção. Antes sequer de levantar as paredes, já havia cercado o lugar com uma paliçada, incluindo as duas árvores.

É justo declarar agora que ninguém havia percebido que

se tratava de árvores diferentes, e que o eram desde o tronco, sem falar das folhas escritas e os espinhos vermelhos. A altura não podia passar despercebida, porque dava a sensação de tocar o céu.

O avô de Aoristo, cujo nome ninguém lembra, teve que reconhecer as árvores quando chegou pela primeira vez a esta terra. Viveu sem sair de uns espessos ligustros que passavam da altura da casa. Ninguém sabe quem foi a mulher com quem esteve o pai de Aoristo. Este, por sua vez, passou despercebido como o avô, e tampouco nos inteiramos de sua mulher, de seu filho e de sua morte. Quando começamos a visitar Aoristo, descobrimos duas cruzes pequenas, de pedra, entre as árvores. Da mãe de Aoristo, nem sequer se teve notícia.

Diz uma lenda nossa que as árvores brotaram no lugar onde foram sepultadas duas moças jovens; e que ambas levaram as sementes em seus peitos. Outra, de origem asteca, revelada por alguém que veio de muito longe para consulta, ensina que estas árvores foram deuses que assumiram esta forma para suster o céu.

Aoristo não cobrava, mas havia dito que, assim como se atiram moedas nas fontes quando se pedem desejos, deixassem objetos simbólicos ao pé das árvores. Disse isso somente uma vez, e foi suficiente. Nessa oportunidade, explicou que as moedas tinham o valor da intenção e que, para ele, valiam o mesmo, ainda que tivessem caras e nomes estranhos. Recomendou que levassem moedas velhas, até as do Império, que já não circulavam entre nós. Não faltou quem murmurasse que essas moedas valiam por seu material, e não como Aoristo presumia, pelo valor do gesto. Justo é que levassem uma retribuição, cuja identidade dos depositantes ele ignorava. Tomava a mão quantas vezes fossem necessárias para memorizá-la bem, e depois subia galho por galho até comprovar a coincidência das linhas da mão com a nervura da folha correspondente.

Aoristo impunha-se como proveniente do mundo do pesadelo noturno. Ninguém podia esquecer-se de sua intromissão de lobo respondendo aos leões, e seria por isso que ninguém queria desafiar seu rosto, composto de fragmentos de diversos rostos. Os olhos não se correspondem e não há simetria entre as orelhas e as maçãs; o nariz e a boca parecem não estar no centro; as cores e a textura produzem a impressão de rosto que contém as identidades de mais de uma pessoa. Como se Aoristo fosse um esquilo, mas com algo de outros animais na cara.

Sorte que tínhamos alguém que dominava a ciência do futuro. A folha que baixava em sua boca convertia-se para ele em um mapa estendido entre o nascimento e a morte, como se concentrasse os dias da vida. Importava-me nesse tempo ter um filho, e o persegui depois de seu diagnóstico, sem olhar o rosto da mãe.

Certamente, os que mais confiavam em Aoristo eram os de cidades distantes, porque, para eles, não era o animal de grito estranho. Mulheres e homens vinham às vezes, especialmente, em excursões organizadas. Todos coincidiam em comentar o comportamento por demais responsável de Aoristo. Se alguma folha de mais caía da árvore pelo roçar de seu corpo, guardava-a zelosamente, negando-se a declarar sua mensagem.

Certa ocasião, quando ainda era recente a revelação que havia tido, Ariosto havia explicado que suas duas árvores descendiam diretamente do jardim do Éden. Não davam frutos, nem flores; somente destinos. E que seu pai e seu avô o sabiam, mas haviam preferido ocultá-lo, para que ninguém soubesse dos poderes das árvores. Foram as pessoas mais tristes do mundo: viviam sem ver ninguém; o avô havia renegado o pai, e o pai, Ariosto. Agora, ele desejava, mas sabia que não ia ter um filho. E havia escolhido o contrário de seus antecessores: satisfazer a todos.

Às vezes, sem que houvesse razão aparente, algumas folhas caíam das árvores. Seriam, como todas, prenhes de significações, e rodavam com os destinos quem sabe de quem, daqui para ali, levadas pelo vento. Havia quem ficasse sem respostas depois. Será que caíam porque não haviam sido consultadas a tempo? Ou já haviam morrido os seus modelos? Em geral — explicou Aoristo —, as folhas brotavam com as pessoas e morriam com elas. A árvore demorava em torno de oitenta anos para renovar totalmente sua folhagem.

Passaram-se os anos. Mas junto com a forma de cidade oráculo, desenvolvíamos, involuntariamente, outra fama mais triste. O que guardávamos dentro de nossas paredes era o segredo que, por mais que tentássemos, não teríamos filhos. Simplesmente não nasciam. Em toda a extensão da cidade. Os que podiam adotavam uma criança estrangeira para aplacar a ansiedade da conservação do sobrenome. Outros, para não ter a casa sem ruídos, criavam cães e papagaios. A cidade converteu-se rapidamente em um enorme asilo de velhos.

Tínhamos saudades do Império, não como o tempo dos sacrifícios e das orgias, mas da fertilidade desmedida, como se a razão da vida fosse ter filhos para servir ao Imperador. Havia noites de vozes raivosas que corriam a cidade como uma tormenta. E havia habitantes do Império que consultavam sua sorte no fígado dos animais sacrificados, no voo dos pássaros e nas figuras formadas pelas pedras lançadas em estado de transe. Se equivocariam na adivinhação até se o filho esperado era homem ou mulher, não importa, mas tinham filhos. Os que levavam o Império no coração podiam acreditar-se donos do tempo. Desapareceram para sempre, e nem haverão suspeitado da existência destas árvores.

Chegou um dia em que, não isolados e escondendo-nos, mas juntos, e à luz do dia, como se estivéssemos nas festas para as quais antes éramos convocados, fomos até a casa de Aoristo e lhe apresentamos formalmente a disjuntiva: se devíamos ir embora da cidade em ruínas, onde as mulheres haviam contraído a peste da infertilidade, secas como se tivessem cortado suas raízes e estivessem plantadas como adorno, ou se tínhamos que permanecer, assistindo a transformação da cidade em cemitério.

Aoristo olhou-nos com aquela cara suja de cores e partes distintas. Pediu-nos que viéssemos em casais. Passaram um número indefinido de dias. O adivinho olhou muitas mãos; subiu muitas vezes nas árvores. Seus gritos na noite foram quase incessantes. Descobrimos que já não dormia. Quando lhe perguntávamos se havia chegado a uma resposta, respondia que os casais eram muitos, e que devia consultar as folhas correspondentes. Passou muitas semanas sobre a árvore. Para os habitantes do povoado foi uma época em que nos sentimos como condenados à morte, esperando a execução ou a graça. Ao final, Aoristo nos reuniu em um meio-dia. O sol parecia concentrar a força de vários dias. Falou com os olhos fechados. Quase não havia sombra debaixo das árvores. Disse: "Estamos vivendo um tempo que é final e princípio". Explicou que a mulher é a terra, e que devia ser fecundada por diversas sementes; que cada mulher devia ser de todos os homens do povoado. Algo como a rotatividade das colheitas, que se deve fazer para que a terra não seque. Disse-o com expressão de susto e de descoberta. *O final do tempo* — repetiu com olhos imensos — *e o começo de outro.*

Voltamos a nossas casas cheios de boas intenções. Parecia que obedeceríamos às palavras de Aoristo como algo religioso. Visitaríamos a mulher cujo marido saía de casa deixando uma luz sobre a porta. Mas, pouco tempo depois do início da prática ritual, esqueceu-se a intenção inicial e resultou como voltar ao Império, com puras visitas furtivas e noites iluminadas por lâminas de punhais. Sobreveio esta variedade de fisionomias que confunde os integrantes de uma mesma família, este desconcerto e esta ameaçadora desconfiança, quase pior que a antiga peste.

Vieram os filhos, mas a peste de infertilidade das mulheres passou para as árvores. Agora há crianças, mas secaram as árvores que guardavam em suas folhas uma réplica de nossas mãos. Aoristo não soube os destinos que viriam depois do retorno da fertilidade. Seguramente se havia negado a consultar a folha de sua mão. Eu fui o único do povoado que não teve filhos. Bem, em realidade, fomos dois: Aoristo e eu.

Não se ouviram mais os gemidos. Depois de várias noites de silêncio, pendurado nos galhos sem folhas de uma de suas árvores, encontrou-se, quase seco, o corpo de Aoristo.

IRMÃS

Inventei as urgências da angústia para ficar sozinha. Retiraram-se para o pátio do fundo todos os magotes familiares que estavam amontoados à mesa, recostados aos roupeiros, sentados nas poltronas, surgindo dos sótãos, trepados às parreiras para levar até o último cacho maduro. Nada mais que um momento em que não me vejam. *Querem despedir-se*, estarão pronunciando com tom manifestamente compreensivo. Fiquei só com Magdalena porque ela tem direito a que o diga. Há dois dias, pesquei em meio às burlas, risos e intermináveis relações de sucessos distantes com que querem aturdir-nos nos cinco minutos que estão conosco, que Magdalena morre irremediavelmente em questão de horas. Como hoje eles têm vindo em grupos compactos, e é um dia qualquer da semana, parece-me que não escapamos que, dentro de um instante, avance a nuvem pegajosa do aroma de flores amontoadas.

Nos dias seguintes à morte de Magdalena, passarei a ser questão de tempo para os que estão assistindo a coisa. Se acomodarão a esperar que volte o vizinho, que passou a fazer um mandado na outra esquina. Cada um repetirá seu número telefônico para que o outro, que não liga nunca, não deixe de avisar-lhe em seguida *se acontece algo*, pois assim começará a chamar-se a notícia de minha morte.

A família é grande, ainda que parecesse maior quando éramos menos, e o padre vinha comer e conversar em casa, quando tínhamos a caderneta do armazém, que engordava por vários meses e depois pagava-se com a venda de lã, quando era abarcada pela voz de mãe indicando os afazeres da casa para nós, encarregadas de fazer o que não se comprava feito como agora.

Comigo morrerão a casa e o segredo. Porque não direi a ninguém que Magdalena, a irmã que para todos morre virgem, como as que ficamos a vigiar a casa, teve em realidade um filho cujo sexo não pôde ver nem saber e nem confirmar se nasceu com vida. As oito irmãs que rodeamos a mãe no momento da decisão apontamos nosso defunto pai como o culpado de tamanha falta de comportamento de sua filha predileta. Ele a deixava sair de casa mais do que o conveniente.

Quatro de nós foram eleitas para ter filhos e foram-se com seus maridos. As outras quatro fomos as colunas da família: as que batizávamos, fazíamos os capuzes, os acabamentos dos lençóis, recebíamos para o chá dos domingos, éramos invocadas nas festas para que se sentisse que chegava a bênção do sobrenome. Os maridos das irmãs empurravam-se para ocupar o lugar de nosso pai, enquanto suas mulheres competiam em ter o maior número de filhos.

Para quê, Magdalena, vamos recordar aquelas sestas eternas, que só terminavam quando tínhamos que voltar, nós a escutar o rádio e a tomar o mate doce, e tu na cozinha? Apenas quando vinham visitas aproximavas-te, prudentemente, no momento apropriado, para que não te esquecessem. Meio passo atrás da roda e em uma cadeira, nunca numa poltrona. Havias aceitado a condenação sem uma palavra e sem que ninguém tivesse que te explicar. Talvez porque entendeste que tua barriga representou uma pá de terra sobre cada retrato do refeitório, e que apenas a menção de tua gravidez permitia uma entrada do Maligno na casa.

Pagaste tua falta, Magdalena. Foste boa, trabalhaste e nunca te ocorreu fazer a pergunta molesta do destino de teu filho. Não te deixamos confessar para que nem o padre pudesse olhar-nos com acusações. Não creias que foi fácil esse voto de silêncio que fizemos entre nós. O esquecimento não existe. Sempre algo de tua roupa, ou uma expressão, ou teus silêncios — ah, teus silêncios... Magdalena! recordavam-nos tua história.

Em nossos dormitórios não entrava ninguém, mas quando os sobrinhos começavam a caminhar, ocorria-lhes perguntar, invariavelmente, o que havia dentro. Ensinávamos a um que não devia entrar, e quando aprendia, lá vinha outro com a mesma impertinência. As irmãs casadas renovavam-nos esse martírio, como se tivessem esquecido que viveram como nós, protegendo cada qual sua peça, com os postigos cerrados, as portas entre os dormitórios anuladas e com a porta que dava para o *living*, ou ao pátio interior, cuidadosamente chaveada. Agora, entro no teu dormitório, sentando-me, como somente recordo havê-lo feito quando éramos jovens. E o faço porque faz dois dias que te fugiram as forças dos braços e da boca. E te conto.

Fizemos o que devíamos ao desaparecer com teu filho. Tudo bem feito, limpo, sem suspeitas. Levou-o Lilith, a mesma que te atendeu no parto. Soubemos que existia e que tinha sua boa clientela na cidade porque o padre sempre a abominava. E lhe pagamos para que o colocasse com alguém que não fosse de Salto. Lilith foi-se com ele não sabemos para onde, e o curioso é que não voltou. Não faz muito, não recordo se meses ou anos, um vizinho trouxe-me a notícia de que Lilith havia morrido em Buenos Aires. Nada disso te dissemos para não lembrar-te tua falta. Aceitaste seguir meio escondida, depois que para todos estiveste "enferma" naqueles meses.

Nunca se soube quem foi e até terás esquecido de sua figura e seu nome. Também ignoro quantas vezes te viste com esse homem que te engravidou. Mas sei que, desde que foste descoberta, não o viste mais. Nem uma só vez. Aceitaste tua culpa. E nós fomos vigilantes detrás das portas.

Os sobrinhos interpretariam como natural teu lugar secundário, porque nunca conheceram outra coisa. Eras a encarregada de todas as tarefas da casa, seguramente porque saberias fazê-las melhor que qualquer uma. Não há perigo que as mães lhes tivessem contado algo. Elas tinham mais que perder que nós, as solteiras: o limpo sobrenome que haviam levado à família do marido.

Digo-te que o que tiveste foi um varão. Pensar que nossos pais passassem buscando o varão, e tu o tiveste sem merecê-lo. Eras jovem, então, e passou tanto tempo, que ele será como nós agora, um velho. Um velho como não chegou a ser nosso pai. Nestas alturas, poderá ter netos, rodeando o avô, que lhes conta contos, vá lá saber de que infância. Passaram-se setenta anos desde então. Mas estou absolutamente segura de que não queres ver teu filho. Os dois medindo-se os anos, as rugas da cara, desconfiando, acusando-se e desejando-se mutuamente que a terra tivesse tragado um ao outro.

Serve-te para alguma coisa ir-te com a ideia de que tiveste um ventre fértil, e não como o meu, amassado em vapores de eucaliptos e de naftalina para afugentar os ninhos de aranha?

Primeiro, as solteiras menores, e depois uma depois da outra foram-se para sempre as casadas, contempladas por filhos e maridos. Nós chegávamos para ocupar-nos da mortalha, as estampas e as medalhas que deviam acompanhar o corpo; o mesmo que no caso de quanto primo próximo ou distante morria. E também era nosso dever sentar-nos na cabeceira da cama, a receber as primícias das condolências.

Quando sentimos que vamos embora, que dirigimos ao redor o olhar que será o último, necessitamos ainda da piedade dos desconhecidos que casualmente encontram-se ao nosso lado. Aprendi isso no dia em que me deixaram sozinha em meio a um ataque do coração. Mas não importa o bom olhar; antes da reprovação ou do desinteresse do que amamos, o olhar compreensivo e lastimoso da enfermeira. Então, não há tempo de esclarecer nada. Somente que o mundo das formas permanece, inacreditavelmente, e nós, sem que ninguém se abale, vamo-nos.

O padrezinho jovem, o primeiro de nossa catedral que teve o descaramento de andar sem sotaina, capaz que nem mencione, em teu responso, que o céu recebe uma virgem, e então, sem querer, não terá mentido.

Trazia-te o perdão ensaiado para dirigir-te há dois dias. Creio, Magdalena, que quando agonizes, terei ao meu lado somente um sobrinho curioso. Sempre temi isso quando calculava se ficaria para o final. Mas em lugar do meu, é teu o olhar de perdão, e talvez não saiba nunca o que fazer com essa piedade que se instalou em teu rosto.

AVÔ

Ao avô, tivemos que matá-lo. Vai que escapasse e voltasse outro dia. Quem sabe as promessas que andava fazendo, já que apareciam jovens mulheres perguntando por ele com cara de cumplicidade.

Ainda que não tivéssemos a casa em nosso nome, nós, seus netos, a preservávamos daqueles que se lembrava somente na hora de fazer-lhes favores. Por mais que tenhamos argumentado que era para sua conveniência, ele nunca pôs a casa em nosso nome. Fazia-se de desentendido. Dizia que, por muitos anos, sua única casa havia sido o cavalo. Mas o fato é que, agora, era sua a maior casa do povoado. Uma fileira interminável de cômodos, formando uma ferradura ao redor do pátio, com uma cisterna no meio. E era por isso que atraía as mulheres.

O avô montava em uma sela rota, que cuidava como se valesse mais que nossas motos, às quais olhava com desprezo, ou melhor, como se não as visse. Não sei quantas enfermidades mortais e suas respectivas reuniões de família o iam despedindo. E ele saía sempre reluzente, com mais vontade de comer e divertir-se.

Não faz muito tempo que organizou uma festa para meio povoado, quando completou cem anos. Tiveram que cozinhar — os gastos foram seus, claro — com antecedência de dois dias. Como cozinheiras, não lhe faltavam essas comadres que o olhavam fixamente quando lhe falavam, as que o consultavam como se ainda fosse o caudilho que dizem ter sido. A casa andou em polvorosa por esses dias, e meio povoado aproveitou para vir festejar.

Na noite da festa, como se fizessem-nos uma gentileza, os vizinhos diziam que o avô *estava prestes a partir*. E ele metia-lhes copo cheio e vozeirão. Sentimo-nos cansados e sonolentos. Ele ficou em pé até depois do amanhecer com alguns amigos mais chegados, que pareciam nunca querer ir embora.

Faz uns trinta anos que morreu a avó, e nossos pais, ou morreram ou estão muito velhos para aguentar certas coisas.

Nós o matamos uns dias depois do aniversário, quando já ninguém vinha comentar a festa, e ele havia caído em um prudente esquecimento.

Fizemo-lo de noite e de uma maneira trabalhosa. Bem golpeado, como se houvesse caído do cavalo.

MORCEGOS

Na torre da nossa casa, vivem os morcegos. Em alguma época do ano desaparecem, e em outras atravessam o pátio como se fosse um aquário, confirmando a chegada da noite com seus voos rasantes, que parecem simples desejo de driblar as paredes e as colunas do pátio. Nenhum de nós havia querido sequer considerar o extermínio que, a cada momento, alguém da vizinhança reclamava. Na realidade, os morcegos são habitantes tranquilos, que em nada afetam nossas vidas, nem menos ainda as casas vizinhas.

Mas os morcegos ganharam uma dimensão inesperada no dia em que Álvaro de Mello pediu que lhe caçássemos um casal. "Preciso de um macho e de uma fêmea", explicou. Olhamo-nos. Não sabíamos caçá-los, nem muito menos reconhecer seu sexo.

Álvaro de Mello era um brasileiro que tinha se mudado para o bairro há um ano. Saía e entrava caminhando direto, como sustentado por taquaras, sem que se lhe pudesse barrar o passo. Andava a passos largos e com olhar elevado, como patrão que percorre suas terras; sorria para quem cruzava o caminho com seu enorme dente de ouro e sua mecha de cabelo louro, calculadamente repartida em ambos os lados da cabeça. Não tinha trabalho conhecido, e o acompanhavam algumas anedotas de suas inclinações para a bruxaria, como pequenas nuvens que a terra levantasse.

Enquanto nos falava de um macho e de uma fêmea fortes, fazia tilintar algo no bolso direito de sua calça. Quando terminou, como por acaso, tirou dele um chaveiro com uma mulher nua, e adiantou a mão para que um de nós a tomasse. Chave da casa nosso pai não nos dava, e tampouco podia mostrar o chaveiro. As mulheres eram excelentes, e estivemos de acordo que era um bom negócio chaveiros por morcegos.

Pensamos agora que Àlvaro sempre teve em mira aquele pedido, porque lembramos dele entrando sem pressa no bairro e buscando conversa com qualquer um de nós que andasse pela rua. Já se alardeava conhecedor de morcegos. Havia conquistado a simpatia da avó, trocado com ela receitas de doces e conservas. Havia feito a proposta dos morcegos quando estávamos sós os três irmãos. Falou quase em segredo, olhando de tal forma para um ponto distante, que nós o escutamos olhando também tanto o seu rosto como aquele lugar impreciso, no qual parecia localizar-se o que estávamos falando.

A avó — espanhola aragonesa, como se apresentava —, nossos pais, as duas tias solteiras, tio Bomba, que não era muito certo do juízo, nós três e um guri criado por uma de nossas tias, que estava a meio caminho de filho e de empregado, nos distribuíamos pelos quartos da casa. Mas nunca subíamos à torre, salvo quando algum visitante meio importante insistia em que a mostrássemos. Nesse caso, quando algum de nós subia com ele, a avó, que desde que me recordo não podia subir a larga e empinada escada de ferro, descrevia-lhe aos gritos cada uma das coisas que ia ver, os trastes em desuso, a cor original das paredes, as últimas ruas, que se apreciavam das janelas, e os nomes e parentescos dos que tinham vivido algum tempo lá em cima.

Era o que nos distinguia, uma casa que competia com as mais antigas da cidade e, ademais, a que tinha uma torre e havia sido cenário de uma batalha sangrenta entre *blancos* e *colorados*, há um século. Mas não se falava dos morcegos — não havia por que — salvo se se quisesse explicar o fedor que aparecia e desaparecia sem muita razão pelas manchas de umidade, o vento sul, ou a mudança da lua. Quem ia querer comentar que às vezes ficávamos como metidos em um pântano? Simplesmente fechávamos a porta da rua e comentávamos que tínhamos uma tia enferma. Um espesso fedor de animal morto impregnava por uns dias o pátio e todos os quartos. Como as tias não tinham ninguém que as viesse visitar, porque viviam enclausuradas, afastava-se o perigo de presenças indesejáveis. Pensariam que uma das velhas, ninguém sabia qual, estava ali com seu cheiro característico.

Álvaro de Mello voltou no dia seguinte, e nos encontrou sem resposta. Explicou que, em seu povoado, caçava morcegos nas palmeiras, atirando uma pedra e espreitando juntamente com vários companheiros, estilingues esticados. Não podíamos pôr-nos às pedradas com a torre, pois as pedras ricocheteariam no pátio, quebrariam os vidros das portas e iriam à casa dos vizinhos. Álvaro falou então de armadilhas para pássaros e ratos, porque aqueles bichos eram um misto desses dois. Mas não chegou a trazer-nos nenhuma, nem a explicar-nos como tinha que ser.

Luis Alberto, Jano e eu, falávamos da caça de morcegos como se tivéssemos nas mãos uma arma que passássemos uns aos outros, temerosos de que disparasse sozinha. É que se nos apresentavam juntos o pedido de Álvaro e os chaveiros com estranhos corpos e posições. A finalidade que Álvaro anunciou que ia dar aos morcegos não nos inquietava. Somente a estratégia para caçá-los. Não importava que estivessem mortos. Servia se os levássemos recém-mortos com uma pedrada. Meu pai flagrou-nos falando de morcegos, e com isso deve ter corrido Álvaro de Mello, porque ele passou um tempo sem aparecer. Meu pai nos disse que os morcegos eram o espírito da casa. Que todos viveríamos muito porque os tínhamos.

Tio Bomba sabia das coisas que nós três falávamos em segredo. Ele, que andava sempre quieto pelos cantos, do qual nem nos dávamos conta. Desde que Álvaro de Mello fez-nos a proposta, os morcegos reapareciam nos momentos mais inesperados. Uma tarde, quando falávamos de futebol, tio Bomba interrompeu-nos:

— Vocês falam dos morcegos da torre, mas toda a casa está cheia de morcegos.

— Sabe salgo, tio?

— O telhado. O homem de lenço amarelo aqui no peito. Tirou uma telha para trocar e eu ajudei. Havia morcegos como formigas. São moles, chiam e tem fedor. O homem terminou o trabalho e foi embora, dizendo que não voltava nunca mais a esta casa.

Olhamo-nos. De modo que, no espaço de mais ou menos um metro entre o telhado e o forro, ao longo das fileiras de quartos, também estava cheio de morcegos. Mas todos entravam e saíam pela torre. Nós acreditávamos que a torre era a morada dos morcegos, e até soava com prestígio a expressão "os morcegos da torre". Ademais, se se dissesse "os morcegos da casa", era quase como se dissesse "a casa dos morcegos", e isso já não soava bem.

Álvaro de Melo e Jano devem ter decidido o plano em segredo. Tantos morcegos, livres para ir onde desejassem, e nós nem sequer podíamos caçar alguns! Foi assim que Jano aproveitou que nosso pai ausentou-se da cidade por três dias para cuidar de suas vendas e estendeu, de um lado ao outro do pátio, uma rede de pesca, à altura da cabeça de um homem. Quando começou a anoitecer, orientou-nos para que ficássemos a boa distância uns dos outros ao longo da rede, armados com um pedaço de pau. Foi o que fizemos. Caçamos uns dez, não sei se com a rede ou com pauladas. Jano agarrava-os com um alicate de pesca e os ia pondo em uma sacola. Ouvia-se um chiado, como de um gato pequeno. Jano não quis tirá-los da sacola para terminar de matá-los; foi embora com a sacola que se movia, enquanto Luis Alberto e eu enrolávamos a rede. Voltou depois de uma hora com uma grande desilusão, porque Álvaro de Melo lhe havia prometido dois chaveiros, somente dois, já que havia encontrado um único casal, e os outros não lhe serviam. E explicou que os demais eram fêmeas; os machos escasseavam nas tocas porque iam viver sós depois do acasalamento. Pediu que as deixássemos para que ele as dissecasse.

Álvaro prepara uma poção para o amor — contou Jano —, misturando sangue de morcegos macho e fêmea. É necessário espargi-lo nas costas da mulher que se ama. Ela não pode te ver no ato, e ainda que te tenha rejeitado, a manobra é infalível.

A avó soube da rede no outro dia, porque estava dormindo enquanto caçávamos, e nada a despertava enquanto dormia. Com uma voz que não lhe pertencia, gritou que nunca tínhamos matado morcegos para sobreviver. E que já sabiam que tinham seu esconderijo por toda a casa. São morcegos do tempo de seu pai, e neles não se tocava porque eram da casa. Nenhum mal atingiria a família enquanto os conservássemos. O tio começou a chorar, e a tia acuava ao nosso meio primo para que confessasse algo mais. Prometemos que não íamos fazer nova caça. A avó decidiu que nada se contasse ao nosso pai.

O CASAMENTO

Sua beleza sempre havia me dado medo. Aquela pele transparente impunha-se a mim como completamente distinta daquela dos corpos opacos que se viam e tocavam no bairro. Uma pele de pétala, que não voltarei a ver. E os olhos de água, que inundavam o interior da gente, trazendo com eles um céu. Foram poucas as vezes que estive a dois passos dela, e menos as que me animei a dizer-lhe alguma palavra. Mas os colegas de sua classe e da minha sempre suspeitaram de que havia algo entre nós dois. Naturalmente, eu acalentava essa ideia, estimulando mal-entendidos. Martha abrilhantava o prestígio nascente que a minha incipiente biografia amorosa começava a ter. Favorecia-me o fato de não se lhe conhecer namorado, porque com isso todos se afastavam dela, como se fosse feíssima. Tinha que atracar-me com ela! Eu espiava seu corpo às escondidas, e o imaginava com um sentimento de culpa inexplicável. Parecia que cometia uma traição aos seus olhos, porque quando eles olhavam faziam esquecer que existiam corpos.

Um dia, sem anúncios nem explicações, ela foi embora da cidade. Martha passou a ser um nome que os companheiros pronunciavam só para ver minhas reações. Aquelas suspeitas devem ter crescido com vida própria, e não faltará alguém que seguirá jurando que entre nós — quão incrível dizer nós! — houve algo.

Passaram os anos. Suficientes para que nada mais me lembrasse ela. Minha vida afastou-se de tudo que se relacionasse com a fase do liceu. A ferraria herdada, na qual me havia iniciado quando ia à escola, apertou-me ao bairro com tenazes, à cantina do clube, às pescarias. Não soube o que era ter patrão porque meu pai nunca quis impor-me o trabalho, e tampouco teve empregado, e assim simplesmente golpeava os ferros com boa liberdade de horário. Tinha tempo para percorrer os bares e transar com quantas gurias começassem a empinar a bunda. Mas nenhuma era como Martha. Andei pelo bairro sem escândalo, e se alguém tivesse algo contra mim não encontraria nenhum apoio, porque sempre fui um vizinho solidário. Como eu gostava apenas das menores de vinte, cada vez iam ficando mais distantes. Perseguindo-as, vivi alguns episódios, nos quais ninguém acreditaria, mas que provam que, em assunto de amor, os caprichos das que completam quinze anos vêm em primeiro lugar.

Há uns meses, acalentava a ideia de sair da ferraria. Pensar que podia tê-lo feito. Não tinha que sustentar ninguém. Alguns pesos no banco e os proventos da aposentadoria dariam para ir levando. Os anos haviam matado em mim as ilusões, e não tinha nenhuma outra aspiração.

Amigos? Poucos. Eu estava e não estava com os do bairro. Meus companheiros do liceu haviam se transformado em médicos e advogados. Deixei de vê-los quando foram estudar em Montevidéu.

Há exatamente duas semanas, um companheiro de quarto

do liceu convidou-me para o casamento de seu filho, talvez para ficar bem com sua consciência, porque o havia ajudado nos exames, e quando fez a sua casa, não lhe cobrei a grade da frente. O problema começou pela roupa. Jamais tive que usar um terno, e assim tive que comprar um. E camisa branca e gravata. No espelho da loja é que me dei conta dos meus ombros curvados, das minhas veias saltadas, dos pelos brancos em meu peito, de minha barriga flácida e caída, de minha cabeça calva. Essa figura de corpo inteiro no espelho não me abandonou nos dias seguintes. Comparei-me com os da minha idade que continuava vendo e pareciam-me os mesmos de quarenta anos atrás.

A meu colega, que era um dos que sempre zombavam da minha paquera com Martha, não ocorreu dizer-me que ela viria. Talvez porque já ninguém me vinculava a uma senhora da capital, seguramente esposa distinta de algum potentado, que havia vivido apenas um ano entre nós. Por sorte, porque havia passado quinze dias recordando os anos que me perseguia em sonhos.

Na noite da festa, deparei-me com o incômodo que tanto temia, que era não saber onde acomodar meu corpo. Sentei-me, por fim, em uma mesa, onde fomos parar os poucos que havíamos ido sem companhia. Estava bebendo whisky alegremente quando a vi. Martha vinha em minha direção. Pus-me em pé. Havia me reconhecido e vinha cumprimentar-me. Vinha resplandecente, com cores que a destacavam de todas as demais figuras bamboleantes. Com seus olhos abrindo o ar. Fiquei parado, naquela eternidade de sua aproximação. Devo ter deixado cair os braços, devo ter ficado com a cara abobada. E então ela passou ao meu lado, como sempre havia feito, como se não me visse. Não me atrevi a voltar a cabeça. Confiava que se daria conta de que era eu e voltaria. Mas passou esse instante interminável, e nada. Voltei à mesa onde, felizmente, estava o copo bem cheio.

Não conseguia desviar meu olhar da direção em que Martha havia desaparecido. Queria saudá-la, ainda que tivesse que forçar o encontro. Ali estava, na mesa mais ruidosa; era o centro de um grupo de moças e rapazes que gravitavam ao seu redor. Fiquei, como sempre, com os olhos presos nela. Mas quando a comparei com os rapazes que a rodeavam, compreendi que não era ela. Quem pulava e cantava não podia ser outra senão sua filha. Fiquei incrivelmente abobalhado.

Voltei à minha mesa e não falei mais com aqueles recém-conhecidos, enfatiotados como pinguins. Quando despertei do torpor, o salão estava quase vazio, e eu estava sozinho. Fui dando passos como pude, buscando a saída. Na mesa ao lado daquela em que colocaram o bolo, e onde estiveram os noivos durante toda a noite, havia uma mulher só, cabisbaixa, que me pareceu familiar. Tinha as formas desfiguradas pela gordura. Por debaixo da mesa, vi que havia tirado uma sandália. Passei perto dela e reconheci seus olhos. Era Martha. Com uma papada de papagaio. Sorriu, talvez lembrando meus estúpidos anos de adoração. Por isso detive-me a poucos metros dela e olhei-a com desfaçatez, como nunca havia feito. Não havia nada nela que tivesse resistido ao tempo. E eu, que por ela havia passado tanto tempo mentindo aos colegas, que havia menosprezado as moças que me aceitavam, e que em infinitas noites de solidão reconhecia que somente com ela teria casado.

Saí e esperei que saísse da festa na ruela em frente ao salão. As árvores, os automóveis e os sons giravam sobre si mesmos na claridade enfermiça do amanhecer. Saiu sozinha e, enquanto caminhava, tirou da bolsa a carteira, e dela algo que apertou com uma das mãos. Caminhava com dificuldade, como se estivesse bêbada, ou como velha. Velha bêbada, com uma cara de terra seca e um sorriso de tacho mal feito. Movi-me quando foi abrir a porta do automóvel. Reconheceu-me. Mas não havia tempo para palavras. Abracei-a e lhe enfiei de baixo para cima uma só, longa e gozosa punhalada. Os dois de pé, ela olhando para cima e eu, devorando o azul profundo de seu céu.

INCURSÕES NO INDIZÍVEL

A moça deixou escapar umas palavras com uma voz vinda do sonho. O pai, que passava perto de seu quarto, estacou. Depois de um silêncio, a moça respondeu à exortação da voz deliberadamente monótona do pai, repetindo o que terminava de dizer enquanto ele cruzava a porta. O pai afastou-se na ponta dos pés, assombrado pela precisão da resposta. Um momento depois, quando se preparava para ir ao liceu, espiou os movimentos de sua filha. Nada indicava que estivera desperta quando respondeu; tampouco nada indicava que se lembrasse.

Anabella pegou os cadernos e se foi, anunciando que ia encontrar-se com uma amiga depois das aulas, para irem à biblioteca estudar sobre sonhos, porque o professor de Literatura havia dito que o poema *O corvo*, indicado para a próxima prova, podia ser um pesadelo do triunfo do mal. Anabella havia comentado com sua amiga que não sonhava.

O esclarecimento do inconcebível equívoco que se armou em nossa cidade deve ser feito de uma vez: o pai de Anabella é Gervasio Ramirez, o recém-consagrado autor de *Incursões no indizível*. Pareceu a Ramirez que, como o título recordava

Thomas Merton, um monge trapista que estivera na moda há uns dois anos, agregaria ao livro uma dose importante de relações, e ainda que não fossem mais que coincidências, era conveniente aproveitá-las. Mais que no interpretativo, pensou no valorativo; lhe traria prestígio vincular-se ao monge trapista, e o levaria a uma consideração mais séria da crítica. A estratégia funcionou perfeitamente, e de advogado de tranquilas empresas, às quais nunca dera parecer em um assunto penal, passou a ser notória figura responsável por algo até então não sonhado nem por ele mesmo; converteu-se no pensador que deu um impulso significativo na investigação do inconsciente. E tudo em uma atrativa trama de ambiente narrativo. A crítica literária, sempre flertando com a psicanálise, reconheceu com agrado uma inesgotável fonte de inspiração na apresentação conjunta do sagrado com seus temores manifestos; também a novidade do estudo da alma com extrema delicadeza e, ademais, com a capacidade de desvelar alguns temores que os homens, sobretudo os homens, jamais se atrevem a confessar.

Nenhum de seus companheiros de estudo profissional suspeitava que Gervasio lesse algo mais que um jornal, nem que tivesse a mínima inclinação pela arte. Advogado desses que creem que o contato com os problemas alheios permitem desfazer os que podem aparecer a ele mesmo, e que a vida, por contato, vai se ordenando infalivelmente, como os interesses na caderneta bancária.

O descobrimento do sonambulismo de sua filha, confirmou-o na manhã seguinte, enquanto se barbeava, escutando-a, como se sua voz viesse de um poço. A voz clara e bem alinhavada, assim como os sons guturais das palavras desarticuladas, vindas das profundezas do sono, mantiveram Gervasio estático diante do espelho. Os movimentos do barbear tornaram-se mais lentos, porque a litania continuava como uma vertigem. O significado do que se ouvia era, contudo, mais complicado que todas as artimanhas interpretativas. Foi por uma simples curiosidade, da qual sentiu-se culpado em princípio, que se animou a aproximar-se e falar à sua filha enquanto ela falava adormecida.

Na quinta manhã como ouvinte furtivo, encontrou-a de olhos fechados e falando incessantemente, mas gesticulando de maneira mais intensa que a de costume. Gervasio perguntou-lhe quem eram os que estavam rezando. Anabella continuou, atropeladamente: *os infiéis, rezam os infiéis, enquanto os sinos batem cada vez mais forte.* Anabella interrompeu-se, e pareceu que chorava, e que não poderia continuar falando. O pai, sentado na beirada da cama, perguntou-lhe o que havia acontecido na igreja. *A moça é branca, muito branca, porque sempre cobre o rosto com um turbante. Rezava, apenas, e quando chegou à sua casa, descobriu que haviam raptado seu filho.* E despertou. Gervasio não teve tempo de sair do quarto, assim, mentiu que tinha ouvido um chamado, e que não sabia se ela queria água. Anabella retrucou que não havia dito absolutamente nada. Gervasio levantou-se como sonâmbulo, foi até a cozinha e trouxe-lhe um copo de água.

O pai esqueceu o episódio no correr do dia. Trabalhava com equações contundentes, com uma mão no código e outra no bolso. Mas à noite indagou-se o sentido do sonho de Anabella. E pareceu-lhe que não era de todo arbitrário. Adormeceu com esse pensamento, porque a primeira coisa que fez no dia seguinte foi ir até a porta do quarto de sua filha. Apenas um silêncio compassado. Gervasio jamais se acostumara com o silêncio da casa desde que sua mulher o abandonara. E já transcorreram três anos desde o acontecimento, sem a menor explicação. Esse silêncio de comunicação interrompida, de telefone sem chamada.

Sua mulher desapareceu, literalmente; nunca se aproximou sequer para perguntar sobre a filha. As notícias davam conta de suas frequentes trocas de companheiro. O marido resolveu a educação de sua filha enviando-a a um colégio de dupla jornada, que se encarregava de ensinar-lhe tudo aquilo de que não tinha a menor ideia da necessidade.

No dia seguinte, Gervasio estava barbeando-se, com o ouvido atento e ansioso, mas como nada ouviu, ao terminar de secar-se, e com a toalha dobrada sobre os ombros, foi até o quarto da filha e disse com suavidade: *E então?* Anabella começou: *A moça corre pelos longos corredores, onde um rosto de santo de cera ilumina-se à sua passagem para marcar a curva de outro longo corredor, cheio de confessionários escuros. E por que não para de correr, alguém a segue?*, sussurrou Gervasio. *A moça tem medo de cometer um erro e corre, corre*, disse a moça. *É a mesma moça de ontem?*, animou-se a dizer Gervasio, mas temendo que a pergunta fosse um erro imperdoável, no instante em que acabou de fazê-la. *A moça é branca, muito branca, e raptaram seu filho ainda há pouco. Por que o terão feito? — Para entregá-lo ao Senhor.*

A filha despertou em meio a uma agitação prolongada, que permitiu ao pai evadir-se do quarto.

Nessa tarde, Gervasio anotou as palavras de Anabella no computador do escritório. Tratou de ordenar textualmente o que havia ouvido desde o primeiro dia. Eram assuntos que Anabella não falava nunca e que tampouco lhe haviam passado pela cabeça. Aquilo era caótico, mas lhe vinha bem para praticar no computador, que ainda lhe parecia muito diferente da máquina de escrever, posta em desuso com a recente modernização do escritório.

E assim, dia após dia, escutava às vezes nada mais que uma palavra, repetida como um mantra, e outras manhãs, discursos longos, nos quais era difícil estabelecer pausas. Confirmando sua preocupação e expectativa, o pai descobriu que os personagens repetiam-se, assinalando um princípio de coerência.

Os personagens nominados por Anabella davam a sensação

de que andavam perdidos em um deserto, mas correndo por ruas e corredores intermináveis, e que também eram cegos e surdos empurrados por velozes automóveis, vestidos como se fossem de outra época e costumes, mas imersos em acontecimentos de hoje e daqui.

A transcrição dos sonhos que ouvia pela manhã virou rotina para o pai, mas algo do espírito do escrito começou a impregná-lo. Quando teve um bom punhado de folhas impressas, não pôde deixar de pensar que a relação entre os acontecimentos vinha de sua maneira de contá-los. *É o que eu escrevi*, pensava ante cada folha que saía da impressora, e ele a dobrava cuidadosamente e a enfiava no bolso do paletó.

Fez-se imprescindível averiguar quanto recordava sua filha do que sonhava. E sem que suspeitasse. Com certo temor, disse-lhe um dia que um companheiro do escritório havia contado um sonho, mas que dele já não se lembrava *será como o próprio sonhador, que na maioria das vezes — ou nunca, acredito — lembra algo do que conta adormecido. Ninguém sonha em nossa família*, ajuntou. Anabella o escutou como se seu pai estivesse dirigindo aquelas palavras a outra pessoa. E quando ele lhe perguntou se o estava ouvindo, respondeu que estava falando de sonhos, mas que ela não entendia nada daquilo. Só podia dizer-lhe que — segundo lhe haviam ensinado — os homens que viviam sozinhos sonhavam com corvos.

Depois desta comprovação pôde, com tranquilidade e novo entusiasmo, sentir-se dono absoluto dos acontecimentos que dizia aquela boca, quando simplesmente conectava-se com outro mundo. Gervasio ia ao trabalho repetindo palavra por palavra o que havia ouvido; contente como quem fosse cantarolando, satisfeito por assumir a responsabilidade da ordem instável das frases.

Muitas vezes, a transcrição literal lhe ocasionava dúvidas, como quando se pôs a escrever: *O Senhor está levando meus filhos. Tenho um após outro, em sucessão, e todos desaparecem levados pela mão do Senhor. Já não protesto, porque o Senhor sabe seus desígnios, e o meu deve ser ter filhos. Tenho um após o outro. Nascem e se vão tão rápido que sequer posso pôr-lhes um nome.*

Paro por aqui — pensou — *por que diabo esta loucura de filhos empilhados como expedientes?* Mas algo lhe disse que essa aparente incongruência ajustava-se às versões dos sonhos anteriores, e outra vez respeitou, som por som, o que havia ouvido. Quando imprimiu o material de vários dias e o leu por inteiro, disse a si mesmo, com uma seriedade até para ele desconhecida: *Ninguém poderá afirmar que a ambição e complexidade destes sucessos não pertencem inteiramente a um servidor dos códigos. E ultimamente, não sei se esses grandes dramaturgos...*

(É pertinente acrescentar aqui que Ramírez, depois do apogeu de seu livro, leu Shakespeare, nada menos porque lhe disseram que havia tomado seus motivos de crônicas literárias).

A moça entrega seus filhos porque quer ganhar o céu. Ela pode esconder-se entre os lençóis e responder que não está. Que saiu. E o Senhor irá por aí, a buscar outra mãe para as crianças. Mas continua tendo filhos. E o pai — perguntou Gervasio. *O pai anda por aí cavando buracos, não se sabe se para plantar ou para buscar um tesouro. O pai é incansável. Mas o pai não sabe que sua mulher tem tantos filhos. Ele vive em uma ilha tão distante que não chegam os barcos até ela.*

Nos dias de fervor entusiástico, Gervasio abraçava-se às folhas, à medida que saíam da impressora. Com elas sobre o peito, foi sentindo uma sensação de poder. Talvez se sentiu um advogado que elegeu as infrações, as ocasiões em que foram cometidas e uma estratégia imprevisível e admirável que lhe propiciasse sair aplaudido do julgamento. Em pouco tempo, e sem participar a ninguém, decidiu a publicação do livro *Incur-*

sões no indizível. Sabem agora que essa obra não é outra coisa que a transcrição dos sonhos de Anabella, inclusive na ordem em que foram pronunciados. Ramírez sempre se felicitaria por havê-lo composto assim, ainda quando para ele, na maioria das vezes, as situações careciam completamente de sentido.

O êxito de crítica e de leitores que teve *Incursões no indizível* superou os cálculos mais otimistas, e apesar de que Gervasio tivesse desejado que circulasse somente em esferas distantes da sua, viu-se obrigado a contar à sua filha que havia publicado um livro.

Passaram várias semanas tranquilas, que foram as do tempo dos exames, mas poucos dias depois de ter feito o último, Anabella pediu o livro a seu pai. Ele o deixou sobre a mesa do *living* e saiu imediatamente para atender *um assunto imprevisto.* Demorou várias horas, porque, já que tinha ido até o centro, aproveitou para fazer uns trâmites que não convinha postergar. *Vou por vários assuntos. Não te aborreças demasiado com minhas coisas.*

Quando o pai voltou, o silêncio da casa havia se tornado uma presença. Gervasio tratou de ir diretamente ao seu dormitório, mas sua filha barrou-lhe a passagem, com o livro nas mãos.

— E isto? — perguntou lentamente.

O pai caminhou em direção ao *living.*

— Está mal — disse Anabella às suas costas — essa filha que fica como o último ser vivo, não pode matar o pai. Pelo corredor da igreja, vem correndo a mãe com a menina já crescida nos braços, essa que dizes que se atira ao pescoço de seu pai e o mata. Pois bem, isso não pode ser assim, pois falta algo, porque depois que se cruzam com o pai no corredor, sai de dentro de um confessionário um padre, pronuncia várias palavras, reza sentado em um banco várias ave-marias e o pai dissolve-se no ar. A filha não o mata porque o pai não existia. Não era mais que uma invenção da mãe, que queria justificar seu pecado de ter filhos.

O LIVRO DOS SUICIDAS

Nossa cidade conta com um lugar irrepreensível para os suicídios. Não construído nem artificial, como o é uma ponte ou um edifício ocasionalmente tentador. Não. Trata-se de um alcantilado que cai a pico sobre o rio. Rochedos e árvores alternam-se na formação de uma vertiginoso paredão vertical; para cima; para o céu; para baixo, o rio golpeando as rochas em meio de redemoinhos que prendem o olhar em uma entranha pronunciada como um ventre. A costeira acompanha o rio desde o norte da cidade, e o segue até depois desse lugar denominado Pedra Alta, onde forma uma plataforma para que entrem os automóveis e fiquem defronte ao panorama do rio, que enfeitiça com sua beleza, apenas um passo depois de uma mureta de concreto branco.

Era bastante comum que fosse encontrado o corpo de alguém que tivesse escolhido atirar-se da Pedra Alta no intervalo de alguns meses. O rio é pouco profundo nessa zona, e os corpos aparecem sobre as pedras, quase à flor da água. Tinha se tornado familiar a expressão: *mais um na Pedra Alta*. E isso, faz pouco, deu corpo à minha ideia.

A emissora exige-nos sempre a notícia mais impactante, e a questão para mim, que era repórter de noticiário, reduzia-se a andar atrás dos acidentes de trânsito, de assassinatos, e do fogo cruzado entre os políticos locais. Uma colisão grave era uma festa, sobretudo no verão, quando nunca acontecia nada. Não faltou quem fizesse correr a ideia de que os suicídios de meu padrasto e de minha mulher empurravam-me para minha nova e controvertida atividade. É a grande mentira. Construí o tema sozinho, e somente por requerimento jornalístico. Nem a casualidade nem os traumas vão afogar o mérito do meu achado.

Disse-me, em uma dessas insônias povoadas de vozes do passado: a questão é estar no lugar antes que ocorra a notícia, não ter que andar chocando ombro com ombro com os da outra emissora para ganhar o melhor ângulo do acidente, ou a declaração mais dolorida ou furiosa de qualquer louco que se sinta protagonista por um momento. E tive a iluminação de postar-me na encosta que entra no rio e serve como uma varanda, a poucos metros defronte à Pedra Alta. Quanto à hora, não andei para nada desacertado. Ninguém se mataria antes da meia noite, porque até essa hora o lugar é bastante frequentado, com casais em motos e automóveis a partir da saída do trabalho, contemplando a morte do sol na costa argentina. Pedra Alta era e continua sendo o lugar preferido pelos enamorados que perdem o tempo e os olhos na lonjura e na ondulação das costas, nas árvores prolongando-se nos reflexos da água, da qual se levanta naturalmente a canção de Aníbal Sapayo:

El Uruguay no es un río
es un cielo azul que viaja.

Por várias noites a ideia foi-se polindo, até que não tive

mais que tirá-la, pronta e brilhante como uma pedra do rio. Assinalei como data de início a segunda-feira seguinte. No domingo, após o fechamento do último jornal, fui jantar em casa. Desde que vivia sozinho, fazia-o raras vezes; preferia ficar no bar até quase a hora do fechamento, abraçado à ronda dos encontros com esse outro tempo que corre entre as mesas. Mas justamente no bar não se entende o momento que antecede o trabalho; ali o tempo gasta-se como moeda sem valor. Senti que, nessa noite, a única maneira de acumular forças era estando sozinho.

Às duas da manhã, quando o céu é uma festa, e os que pisamos a terra nos quedamos tranquilos, ou reclusos, pus em marcha meu plano, atravessando a cidade com a câmera, como um caminhante furtivo. Posicionei-me, o mais quieto e inadvertido, entre os arbustos e as pedras que estão em frente à Pedra Alta. Sem comunicá-lo a ninguém, insisti por várias noites. Não creiam que não fui assaltado por dúvidas de todo tipo. Aquilo parecia completamente descabelado, até que chegou a minha recompensa.

Aconteceu por volta das três da manhã. Um tipo veio e esteve parado um momento junto à mureta. Filmei-o desde que se recortou contra o céu. Olhava para baixo com tal intensidade que pensei por um momento que estaria chamando sua atenção o reflexo da câmera. Prontamente, e com a decisão de haver se lembrado de algo, atirou-se. Pegou-me tão de surpresa que não acompanhei bem a queda. Um grito e um baque soaram quase juntos. Fiquei paralisado por um momento. O grito e o barulho do choque na água e nas pedras haviam sido grandes, e custava acreditar que não tivessem sido ouvidos na costeira, e que ninguém tivesse se aproximado do local por curiosidade. Senti algo que não se repetiria em nenhuma das demais oportunidades, e foi uma espécie de culpa pelo ocorrido. Dei uns primeiros passos com a intenção de avisar a polícia. Foi como se a fosforescência viva da água houvesse apagado meus propósitos. Demorei em recuperar o domínio de que só a exclusividade justificava meu esforço. O estúpido do Edmundo, que me combatia no outro canal, pagando com favores e reportagens a vários funcionários para que lhe avisassem das novidades antes de que fossem oficiais, chegaria em seguida. Com a respiração agitada, voltei à minha casa, cobrindo a câmera com o paletó, como se fosse um pássaro que me pudesse delatar com a agitação de suas asas. Preparei o material com certa torpeza, por não encontrar a voz adequada.

Às sete da manhã o tinha pronto, e larguei a bomba no primeiro noticiário: "Suicídio na Pedra Alta. Filmado no ato". O dono da emissora chamou-me por telefone às oito, quando repetíamos a notícia, para felicitar-me.

Segui, desde então, no mesmo lugar, todas as madrugadas, primeiro em um sacrifício solitário; depois, a emissora arranjou os horários para que me atribuíssem notas do meio-dia ao compacto das 20. *O repouso do guerreiro*, mas sem Brigite Bardot e sem ninguém.

Tive que esperar quinze noites para que uma moça de blusa quadriculada repetisse o roteiro. No criado-mudo de seu quarto seria encontrada uma carta que revelava que o namorado a havia deixado. *Vais recordar-me*, terminava a mensagem. Era uma bela moça de dezessete anos, de nome Blanca, que foi companheira do meu filho no Liceu. Há poucos meses antes, meu filho havia mantido esperanças de que ela o aceitasse como namorado. Contou-me no dia seguinte ao programa (porque não esperou o — domingo para visitar-me dessa vez), sem decidir-se a apontar como mais inconcebível, se a maravilhosa e angelical que era a moça, ou o estúpido que era o tipo que a havia rechaçado.

Os colegas da televisão — até alguns da mesma emissora — cochicharam entre si e começaram a me olhar torto. E mais ainda quando, no correr dos meses, os suicídios no rio aumentaram sua frequência, e eu minha especialização em flagrá-los. Surgiu também a relação com o jornal, para passar o que ocorresse antes das 3, última hora do fechamento. Pude tirar fotos impactantes de alguns suicídios ao amanhecer, fazendo com que a polícia técnica soubesse deles pelo jornal.

Edmundo e seus operadores cultivavam um estilo de opinião que usava o tom definitivo acerca dos mais variados temas. Mas a nota expressamente emocional davam-na com a invenção de mártires e heróis a partir de medíocres e incapazes. Um caso perdido — não importava se de ladrão, de assassino ou de suicida — era para eles a carniça na qual prendiam, a favor ou contra, a rebeldia e a adulação. O que mais lamentariam, sem dúvida, seria não poder exibir como mártires os últimos suicidas, sem recordar — ou fazer recordar — minhas belas imagens do acontecimento, com o céu estrelado e com o telão negro ao fundo. Os inumeráveis fracassados que culminavam em suicidas sempre haviam sido as personagens preferidas de Edmundo. Aviava-se contra a sociedade incompreensiva e a escravidão do dinheiro. Se o morto havia escrito algo em sua vida, ainda que fossem exercícios de desafogo ou cançonetas melosas pelo seu ritmo e estribilho, aparecia diante de seus olhos como um Dante que a cidade perdia. O governo, automaticamente, era apontado como responsável pelo tamanho esquecimento em que o malogrado havia passado seus anos *entre nós*. Edmundo era mantido pela publicidade de grandes comerciantes agenciada por seu irmão, e depois vituperava contra os insensíveis patrões das mesmas casas anunciantes. Um procedimento que já havia infestado todos os meios de imprensa. Adivinho que me apontam com o dedo porque sou independente.

O dono da emissora portou-se como um homem justo porque, quando me atacaram, ele já estava junto ao seu filho, que era advogado, com uma valise de argumentações pela liberdade de expressão, o papel da imprensa e a veracidade dos fatos noticiados. Para alguns, cheguei a transformar-me em um guardião da cidade. Meus documentos provavam situações difíceis de esclarecer para a polícia. Um acusado de assassinato ficou imediatamente em liberdade quando, com dois dias de atraso, porque não havia podido organizar o material, divulguei a filmagem de um suicídio. O acusado apresentou-se na emissora para fazer-me um acalorado reconhecimento público.

Com o passar das semanas, fui aprendendo e tirando minhas próprias conclusões. O programa era esperado. Pela lógica, era o único que não podia anunciar-se, mas, como contrapartida, reiterava-se proporcionalmente aos comentários e elogios de cada proposta. Desenhei-lhe uma apresentação que o tempo confirmaria como característica: uns remoinhos de água impulsionados por compassos de Schuman abriam o quadro *Sapatos rotos* de Van Gogh, localizado sobre uma pedra, que finalmente cobriam. Como se formasse sob a água, aparecia meu nome e, em seguida, tomava corpo o primeiro suicida que eu havia filmado, assomando lentamente na mureta branca. Silenciava a música e aparecia o mesmo terreno, mas sem ninguém nele. (O olho do espectador divisava as referências quando aparecia a nova pessoa que se preparava para precipitar-se). Depois da exibição da filmagem da queda — a parte central e mais breve, tanto do primeiro programa como do que se apresentava —, voltava a música e iluminavam-se, em letras brancas sobre uma rocha basáltica que ocupava o ângulo inferior direito da tela, uns bonitos versos de Baudelaire:

Eu sou a ferida e o punhal!
Sou a bofetada e a face!

Sou os membros e a roda,
E a vítima e o verdugo!

Perfeitamente armado. O cenário de gala, como se fosse para uma estreia, a completa disponibilidade do novo pretendente. E estritamente em branco e preto. Resisti às cores, salvo quando era expressamente aconselhável por algum detalhe de vestimenta.

Impressionante o modo como afiaram a língua para atacar-me, pondo um acento comovido em uma estatística de incremento dos suicídios na Pedra Alta *desde que os filmam.* Isso era uma parte da verdade. O que houve foi uma opção pela Pedra Alta. Já não mais disparos de revólver, gás, cordas, nem venenos, essas formas truculentas de despedir-se da vida. As pessoas atinaram com o valor da queda livre, sem a violência de um corpo sangrento sobre uma cama, ou pendurado em uma árvore (imagem desagradável, que foi a única próxima do gênero filmado por Edmundo, e que eu não quis incluir para não rebaixar meu programa com esse simulacro de boneco, rígido e vertical como um poste e, o que é mais importante, uma imagem sem vibração, nem alma, porque, por seu próprio caráter, não podia conter os insubstituíveis momentos prévios).

Ao cabo de alguns meses, elaborei vários informes sobre o comportamento dos suicidas. Ordenei umas notas sucintas e sóbrias, sem pretensões, com a humildade que o tema impõe. Nelas, evidencia-se claramente uma oposição de estilos com Edmundo e sua gente, pois o que bem sabiam era escamotear os fatos ou aplicar um tom paternal ou desdenhoso ao que se posicionava em vertente distinta da de suas ideias. Para ele, os homens dividiam-se entre os que eram donos da verdade revelada e os míopes mal-intencionados. Enquanto eu fazia meu trabalho com base em sobrantes fatos sociais, eles falavam exclusivamente dos que iam pedir-lhes uma nota.

Meus programas ganhavam reconhecimento por sua sobriedade, nada a ver com os argentinos ao vivo, de cenas sensacionalistas, inutilmente contadas por um narrador melodramático. Edmundo tratava de imitá-los, aproximando-se e perguntando ao que acabava de saber de uma tragédia familiar que o mortificava. Nunca me meti com a família dos suicidas.

Minha primeira aproximação do suicídio como tema de reflexão foi a partir da comparação que fiz entre vários suicidas velhos e jovens, homens e mulheres. As conclusões pareciam claras no momento de alternar imagens e contrastar comportamentos. Os velhos chegavam e se atiravam, como se viessem sonâmbulos, sem titubeios. Os jovens, a maioria adolescentes nos casos que presenciei, ficavam estáticos por um momento, a ponto de suspeitar-se que outro motivo lhes havia levado a esse lugar e a essa hora tão estranha, geralmente entre as três e quatro da manhã. Mas bastava aproximar a objetiva para ver a expressão ausente, a completa inexpressividade, que não deixavam margem a dúvidas: era questão de segundos. Podia-se apontar também como próprio dos jovens uma forma mais aparatosa de atirar-se, mais teatral, dispondo os braços em posições que pareciam ensaiadas. Onde não percebi diferenças dignas de nota — desenvolvi-o em um programa com quadros paralelos — foi o comportamento dos homens e das mulheres no momento culminante de sua decisão. As posições e expressões adotadas não tinham nenhuma oposição relevante. Entendo que devo insistir na curiosidade que observei como algo comum às diversas idades e é a semelhança e deliberada intranscendência dos últimos movimentos. Quase todos arranjam maquinalmente o cabelo, ou passam a mão sobre uma perna. Vários pentearam-se indefinidamente antes de atirar-se. Entre os jovens, destaco também o fato bastante frequente de desnudar-se e ficar somente com a roupa de baixo. Filmei vários deles dobrando cuidadosamente a camisa, a calça ou a saia, e alinhando os sapatos um ao lado do outro. Os velhos sempre se atiraram vestidos e, como disse, sem deter-se junto à mureta. Não quero esquecer também do grito. Atiram-se todos em silêncio, mas quando estão na metade da queda, a maioria lança um alarido de garganta impressionante, que se interrompe com o choque desagradável nas pedras. Dos que não gritaram, recordo uma moça que se atirou também de uma forma curiosa: dobrada sobre si mesma e agarrando-se o ventre com as mãos.

Não apresentei nenhum programa que revelasse minhas suspeitas acerca da relação entre os gestos — olhadas mais ou menos extraviadas para o alto, para a distância, para baixo, as quase imperceptíveis crispações dos lábios, o vai e vem de alguns passos, como os de quem está aprendendo a caminhar ou a dançar — e a biografia geral do suicida. Falando claro, se não revelo minhas observações acerca da provável vinculação entre esses registros e as crenças e comportamentos das pessoas, é porque entendo que não devo misturar-me com os assuntos particulares que podem afetar os familiares dos falecidos, que manifestam, em geral, uma espécie de receio — mais alardeado que real — e me lançariam reproches ou acusações. Também me mantive à margem desses temas porque, quando soube detalhes da vida, por exemplo, da que pôde ser namorada de meu filho, resultou-me doloroso. Basicamente, cheguei à intuição de que esses momentos finais completam a verdade da vida. Portanto, deveria dedicar ao tema um estudo profundo que, na circunstância de correr em busca da audiência, não estava em condições de fazer. Não devia misturar-me com as causas que sempre seriam especulativas e insatisfatórias.

É fácil para mim arriscar, sem vanglória, que os potenciais suicidas devem sentir uma forte identificação com o programa — há pessoas que o gravam. Chegarão a ser suicidas? Alguns, alegando proximidade com os participantes, vão à emissora para pedir o programa que não puderam gravar. (Pareceu-me, em todos esses casos, que tinham uma expressão de iluminados, impossível de dominar, que me soava estranhamente familiar).

Outro assunto importante: até onde se sabe, apesar dos meses que o programa era levado ao ar, nenhuma pessoa demonstrou recordar, no momento em que se transformou em protagonista, a presença de uma câmera que o estivesse registrando. Não creio que fosse porque acreditasse no que eu repetia fora das câmeras, com o intuito de utilizá-lo como razoável argumento em uma provável defesa legal: que as filmagens eram produto da coincidência desses sucessos com minhas serenas incursões noturnas de pesca. Creio que o que chega a Pedra Alta com a intenção de matar-se sente-se perfeitamente só na imensidão da paisagem. Para ele, não há uma câmera, assim como tampouco passado nem futuro.

Mas vamos à minha defesa essencial. Não se pode negar que eu resgato a dignidade da memória. Quem, dos que se sentem abandonados por um ser querido que se suicida, uma vez superada a primeira incredulidade e resistência, não vai aferrar-se a uns versos significativos? Os versos sempre dizem mais que nós, os que perseguimos o presente. No encerramento do programa, ponho estes versos de "Um aviador irlandês prevê sua morte", de Yeats:

Pensei tudo, pensei com calma;
os anos vindouros eram um vão alento
e eram alento vão os anos já vividos
comparados com esta vida, com esta morte.

Anoto como programas memoráveis a filmagem dos suicídios dos gêmeos, com apenas um mês de intervalo entre um outro, encabeçando o registro do segundo com alguns detalhes do primeiro, quase sobrepondo imagens, e com o recurso da apresentação em telas paralelas dos dois acontecimentos. Parecia aquela seção gráfica de jornais e revistas *Descubra as diferenças*, ainda que, por temor à irreverência, não tivesse dito nada que o lembrasse.

Não os reproduzi ainda, mas tenho reservados para algum suicida que me importe destacar, uns versos de Jorge Luis Borges, que se acendem lentamente na tela:

Farei pó a história, pó o pó.
Estou contemplando o último poente.
Ouço o último pássaro.
Lego o nada a ninguém.

Merece um parágrafo à parte a qualidade de minhas filmagens. Comprei uma lente para a escuridão, especialmente importada dos Estados Unidos. Chego quase ao fundo da barranca e depois me aproximo um pouco e faço uma tomada final mais clara. Também acoplei a ela um microfone independente para captar a intensidade e o eco dos gritos. O que obtenho e processo depois são uns minutos de valor plástico e científico inestimáveis. E tudo no primeiro noticiário da manhã, o que causa nos concorrentes uma febre que os acomete em quanta oportunidade têm para aludir-me ou para ignorar-me.

O programa de Edmundo chegou a denunciar aos quatro ventos que eu havia convertido essa zona da costeira em um lugar atrativo para os suicidas. Ele e seus amigos transformaram-se em uns santarrões, predicando o valor das virtudes cristãs como se estivessem combatendo com o inventor da morte. Recitavam versículos bíblicos com o vídeo musical *viva a vida, viva a vida, viva o amor,* de um cantor que esteve na moda uns anos atrás. Nas últimas semanas de seu programa, Edmundo adotou uma voz repousada e solene, com a qual convidava para que acorressem todos os que suportavam injustiças e sofriam depressões, a transformar, *falando com ele*, seu desespero em esperança. Queria formar com eles o *Templo da verdade*. Recebia em sua casa.

A administração municipal — por iniciativa do imbecil que se dava ao luxo de recordar fora de contexto qualquer coisa da minha vida pregressa, mas que eu, por expressa indicação do dono da emissora, nunca respondi — pôs um sistema de iluminação que fez retroceder vários que se aproximavam a cumprir sua última vontade. Vê-se que ninguém desejava ser visto realizando um ritual para o que não vale a experiência. Meu programa haverá ensinado nesse sentido? Em certa oportunidade, animei-me a atirar pedras e quebrar a luminária mais próxima, porque tampouco era questão de deixar a zona inutilizável, tanto para os enamorados como para os suicidas. Não podia ser que, em várias semanas, não acorresse ninguém. Que queriam? Que voltassem os sórdidos achamentos de corpos ao cabo de vários dias, em meio ao sangue e de um fedor que, às vezes, nem deixava entrar nos quartos para cumprir com nosso dever de repórteres? Queriam isso? Ademais, era bom que não esquecessem, a Pedra Alta é lugar de suicídios, e não de crimes. Havia de fechar os parques e os motéis, que são os lugares onde os casais matam-se?

Prossegui com meu plano de aperfeiçoamento, incorporando aportes. Integrei uma expressão que sintetizava a essência do suicídio no momento conveniente de cada programa. Foi a atração de encerramento do esplêndido livro de Mario Silva Garcia, *O suicídio*. Parecem palavras que a vida dirige ao suicida: *Tu não me abandonarias, se já não me houvesses perdido.*

Nos dias antecedentes a uma Semana Santa, época na qual, segundo a estatística, aumenta a média de suicídios, enviaram dois rapazinhos para colocarem-se perto de meu posto de observação, com a ilusão de fazer-me concorrência. Fingiriam que não eram mandados, inutilmente. Mas os bobocas tinham na câmera adesivos com as cores da emissora. Eu os registrei com o zum da câmera. A ideia seria que depois os rapazes divulgassem essa filmagem, obtida de forma "independente e casual". Acreditavam que qualquer um pode fazê-lo, que era só filmar como em um aniversário, pedindo que as pessoas repitam o brinde, como se os suicidas chegassem a ensaiar sua dança junto à mureta, e pudessem fazer uma repetição do espetáculo para os distraídos. A encenação de minutos dos casais que se atiram. Eu nem as enfoco, porque bem sei que os casais escolhem outra forma, mais íntima, quando querem se matar juntos.

Na Semana Santa, ocorreram dois suicídios, e os repórteres improvisados enviaram somente informações vagas. Não sei se dormiam ou não tiveram iniciativa no momento de enfocar as quedas. Eu não conhecia os rapazes, de maneira que não tive por que dirigir-lhes a palavra quando se instalaram a alguns metros de distância. Resultaram-me chocantes os cabeludos, porque não podia distingui-los da cabeça um tanto calva de seu empregador. O silêncio da noite e a solidão de nós três entre os arbustos. Incômoda situação.

Nas manhãs que se seguiram a esses suicídios, assisti ao canal da concorrência: não tinham mais que detalhes inseguros, porque nem diziam a identificação dos protagonistas. E nada da precipitação nem de seus preparativos. Os meus foram, como sempre, nos dois casos, um perfeito acordo de informação de identidades e imagens visuais, com música e oportunos silêncios. No vértice direito da tela, um relógio indicava a hora exata em que o protagonista entrava no marco. E o mantinha ali até o final, transmitindo a duração real dos acontecimentos. O programa de Edmundo saiu do ar daí há poucos dias, por perda de anunciantes. Em seu lugar, puseram um programa rural, desses com folclores e mugidos, calendário de leilões e cotações de preço da lã.

Não podia esquecer-me de coisas que me haviam impressionado de verdade, e não podia confessar para não perder o estrito caráter de profissionalismo, como aquela noite em que, perto da bruma do amanhecer, cheguei a ver através da câmera uma figura toda de branco, que contemplava o lugar e se atirava exatamente como já o havia feito há pouco tempo. Eu o tinha filmado, mas com sua roupa colorida. Era L. L., e matava-se pela segunda vez. Não houve grito, e a figura de branco que filmei, e posso ver a qualquer momento na tela da minha câmera, não foi encontrada. Ficam essas confissões e os minutos de filmagem para quem recolha estas páginas e lhe seja permitido divulgá-las.

Ocorreu-me inventar que sairia em férias por uma semana, e despedi-me dos telespectadores. No primeiro dia da minha ausência, os companheiros enviaram-me cumprimentos, desejando-me um merecido descanso nas largas ruas de Mendoza, onde estaria por alguns dias, para visitar depois o Cristo dos Andes, na fronteira com o Chile. Comentei a sensação de vazio que daria olhar para baixo pela janela do ônibus. Deixei o folheto com os detalhes da excursão sobre a mesa de trabalho e simulei a partida. Assaltava-me a curiosidade de saber o que ocorreria com os suicídios.

Não faltei ao meu posto de observação nenhum dos dias imaginários da licença. Ao contrário, a falta de obrigação permitiu-me um verdadeiro descanso nesse ambiente de beleza enervante. Pude dar testemunho do atrativo cada vez maior que toma o rio nessa zona; arrisco as hipóteses de concentração de energia que deve enriquecer o ar, com a água dispersando-se sobre as pedras, como os reflexos de uma cabeleira.

Desfrutei da água e sua música, das luzes hipnóticas e do desfile de sombras de árvores e de pássaros. A tela aberta à quarta dimensão. Foram as únicas vezes que lancei na água as linhas e os anzóis, que sempre levava bem visíveis. Pensei na majestade do abraço do rio e no privilégio dos que se animam a lançar-se e têm a sorte de uma câmera que os imortaliza. O ato e sua constância, a unidade cuja existência não pode ser pensada sem os jornalistas. Foi essa noite que decidi deixar escrita a história de meu empreendimento solitário, mas fora da câmera, no papel, o lugar dos testamentos.

Na quarta noite, aconteceu o que não podia ter estado nos meus planos. Edmundo apareceu lentamente diante da mureta. Não duvidei em nenhum momento que era ele. Com a mesma roupa com a qual me caluniava. Tive-o em minha lente desde o primeiro momento. Eram quase 5 da manhã. Estava próximo do amanhecer, e havia ficado além do costume simplesmente porque não trabalharia no dia seguinte. Avançou uns passos decididos e contemplou a longínqua margem argentina. Ali ficou, como se esperasse que o iluminassem. Tinha uma cara de circunstâncias, como se estivesse escutando o hino em uma cerimônia em que fosse a figura principal. A lua iluminava-lhe o rosto. Pensei se eu cruzaria por sua mente nesse momento. Não se desnudou. Teve esses gestos de maquinal nervosismo, em que as câmeras estão prestes a enfocar alguém. Atirou-se. Pude gravar o grito, e aproximei-me depois para registrar a imobilidade do corpo desconjuntado sobre as pedras.

Devo agradecer-lhe pelo fato de ter deixado a prova de que ninguém se atira porque o estão filmando. Mas tive que guardar esse precioso material, sem levá-lo ao programa. Sentirão a falta de meu documento, e não terá faltado quem tenha acreditado que o suicídio de Edmundo foi um boato porque nós não demos a notícia, e a emissora em que havia trabalhado o informou como se tratasse de alguém completamente estranho, sem filmagem nem foto.

O sucedido parecerá história delirante, agora que proibiram dar a mais mínima informação de um suicídio. Alegam que é contagioso. A lepra do suicídio.

Vou ordenar bem os minutos da morte de Edmundo junto com estas indicações, para que algum dia alguém possa fazer a história completa da Pedra Alta. Deixarei escrito, como despedida: *Se não posso comover as potências superiores, moverei o Aqueronte.* (Virgílio, *Eneida*, VII).

LEONARDO GARET E SUA OBRA

Leonardo Juan Garet Crecionini, literariamente conhecido como Leonardo Garet, narceu em Salto, 1949, Uruguai. Poeta, narrador, tradutor e crítico literário dos mais destacados de seu país. Autor de mais de trinta e cinco livros, nos diversos gêneros, traduzidos para as línguas mais influentes, distinguido com os principais prêmios literários do Uruguai, entre os quais, o Primeiro Prêmio Nacional de Literatura (ensaio, 1978) e o Primeiro Prêmio Nacional de Literatura (poesia, 2002).

Seu pai, Julio Garet, era poeta e crítico literário, impulsor da literatura uruguaia por muitos anos, ganhando a vida com suas conferências no Uruguai, Argentina, Brasil e Peru. Sua mãe, Carmen Crecionini, era professora de língua e geografia espanhola. Em 1951, a família Garet-Crescionini muda-se para o que seria sua casa por vinte anos, na fronteira entre Salto e a área suburbana. Essa transferência imprime marcas profundas na vida e no estilo do futuro escritor, já que a narrativa de Leonardo Garet tem, a partir disso, as características do bairro Calafí.

Chega a frequentar o primeiro ano da Faculdade de Medicina, em Montevidéu, em 1968, quando frequenta o salão estudantil da Casa de Salto e se torna um dos promotores da revista "Adelante", editada pela Associação Estudantil Saltenhos Residentes em Montevidéu, na qual publica seus primeiros textos. Em 1969, o jovem Leonardo Garet ingressa na Faculdade de Ciências Humanas e Ciências, onde segue os cursos correspondentes ao grau em literatura espanhola.

Em 1972, Garet tem que abandonar seus estudos e começa a trabalhar na fábrica de açúcar CALNU em Bella Unión, departamento de Artigas, na fronteira entre o Uruguai e o Brasil.

Em 1972, ainda em Bella Union, publica seu primeiro livro de poesia, *Pentalogía*, elogiado pela poeta Clara Silva, que publicou uma nota bibliográfica no jornal "El País", em Montevidéu, onde, 1973, inicia seu trabalho no Instituto de Estudos Superiores como professor de literatura uruguaia e na Faculdade de Filosofia, Ciências e Letras (hoje integrada à Universidade Católica), como professor de literatura espanhola.

Em 1974, retorna para Salto e ingressa no Instituto Politécnico Osimani y Llerena, onde ainda trabalha. Daquele ano em diante são as reuniões literárias que tiveram lugar nas casas do pintor Artigas Milans Martínez e do Prof. Walter Peralta, onde compareceram Marosa di Giorgio, Jorge Real, Chingola Muñoa, Baby Rosete, Carlos García e Osvaldo Paz.

Em 1975, compartilhando uma mesa de exame, Garet conhece aquela que se tornaria sua esposa em 1977, María Cristina Reyes. Suas leituras favoritas nesses anos são: a poesia de todos os tempos e idiomas, a narrativa latino-americana e o romance de ficção científica.

Já em tempos da ditadura que assolou seu país, vê-se forçado a manter-se em silêncio, e, junto com María Cristina, recolhe-se ao trabalho docente e à venda de livros e a um quiosque ao qual chamam de "Macondo". Dez anos se passam até que, em 1988, encorajados por Mario Aiello, volta a publicar obra de ficção (*Pájaros extranjeros*). Com o retorno do país à democracia, Garet colabora na formação da Associação de Oficiais de Educação Secundária de Salto e torna-se o primeiro presidente do sindicato em 1985.

Em 2000, o renomado crítico Ricardo Pallares inclui, em seu livro *Contemporâneo Narradores e Poetas* (Academia Nacional de Letras-Aldebaran, Montevidéu), dois capítulos sobre o trabalho de Leonardo Garet.

O livro dos suicidas, que a LetraSelvagem tem a honra de publicar no Brasil, foi publicado no Uruguai em 2005, pela Ediciones Cruz del Sur.

LETRASELVAGEM (2007-2019)

"AUTORES E LIVROS NUTRIDOS DA BOA RAIZ"

Obras que integram o catálogo:

Coleção *Gente Pobre*: (narrativa):

INVENÇÃO DE ONIRA, Sant'Ana Pereira. A MULHER, O HOMEM E O CÃO, Nicodemos Sena. DEUS DE CAIM, Ricardo Guilherme Dicke. O SAL DA TERRA, Caio Porfírio Carneiro. GENTE POBRE, Fiodor Dostoievski. A MALDIÇÃO DE ONDINA, António Cabrita. SELVA TRÁGICA, Hernâni Donato. DIÁRIO DE UM MÉDICO LOUCO, Edson Amâncio. OS VENTOS GEMEDORES, Cyro de Mattos. O FEROZ CÍRCULO DO HOMEM, Carlos Nejar. POEIRA E ESCURIDÃO, João Batista de Andrade. O TRIBUNAL, Álvaro Alves de Faria. OS VIRA-LATAS DA MADRUGADA, Adelto Gonçalves. SOMBRAS SOBRE A TERRA, Francisco Espínola. OS DE BAIXO, Mariano Azuela. O LIVRO DOS SUICIDAS, Leonardo Garet Próximo lançamento: CAVALOS SELVAGENS, Silas Corrêa Leite. HUASIPUNGO, Jorge Icaza

Coleção *Sentimento do Mundo* (poesia):

TRATADO DOS ANJOS AFOGADOS, Marcelo Ariel. O HOMEM DESERTO SOB O SOL, Edivaldo de Jesus Teixeira. ANIMA ANIMALIS - VOZ DE BICHOS BRASILEIROS, Olga Savary. REFÚGIOS DO TEMPO, Francisco Moura Campos. LADRÕES NOS CELEIROS: AVANTE, COMPANHEIROS!, Nicodemos Sena. Próximos lançamentos: A INESPERADA MÚSICA SUBTERRÂNEA, Edivaldo de Jesus Teixeira. O TAMBOR SUBTERRÂNEO, Erorci Santana. CANTO DE MAREAR, Luís Avelima

Coleção *Boca de Luar* (crônica, documento, reportagem):

UMA GARÇA NO ASFALTO, Clauder Arcanjo. CHORO POR TI, BELTERRA, Nicodemos Sena

Coleção *À Margem da História* (ensaio):

PEREGRINAÇÕES AMAZÔNICAS, Fábio Lucas. ESCRITORES BRASILEIROS DO SÉCULO XX, Nelly Novaes Coelho. RAINHAS DA ANTIGUIDADE, Dirce Lorimier Fernandes. Próximo lançamento: DEFENSORES DE MAOMÉ, Dirce Lorimier Fernandes

Coleção *Sabedoria* (pensamento, escritura, filosofia):

K - O ESCURO DA SEMENTE, Vicente Franz Cecim. Próximos lançamentos: EU VIVO SÓ TERNURAS, Nelson Hoffman. O EVANGELHO SEGUNDO O VENTO, Carlos Nejar

Coleção *Moronguetá* (lendas, mitos e fábulas):

Próximo lançamento: LENDAS E FÁBULAS DO BRASIL, Ruth Guimarães

Coleção *Curumim* (infanto-juvenil):

O MENINO E O VENTO, Antonio Luceni

Este livro foi impresso em Janson Text, corpo 11, e impresso sobre papel Lux Cream 70 g/m2, pela Gráfica EME, Av. Brig. Faria Lima, 1080, V. Fátima, Capivari, Estado de São Paulo, Brasil, para a Associação Cultural Letr*a*S*e*lvagem, em janeiro de 2019.